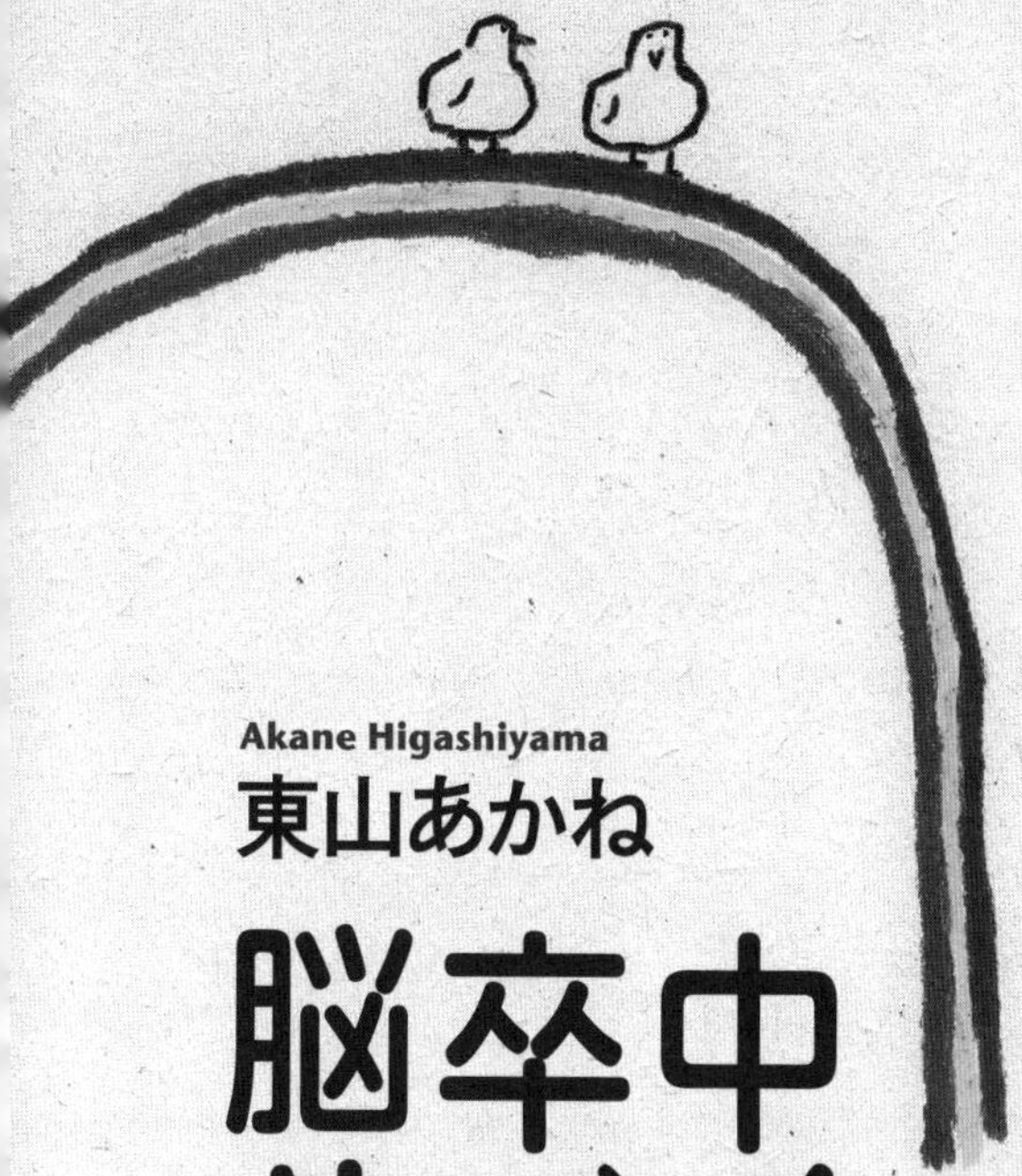

Akane Higashiyama

東山あかね

脳卒中サバイバル

精神科医と妻の闘病日誌

新曜社

◎目次

■装幀　臼井新太郎
■装画　HITO

第1章 ■ 脳出血で緊急手術

ある日突然オーバーワークの果て

夫の小林司（当時七六歳）が二〇〇五年四月一〇日（日曜日）の夜に倒れた。

三月末から吉野の千本桜を一生に一度は見たいものと予約していて吉野に行き、帰途名古屋は愛知万博のあおりで泊まれず、浜松で一泊し楽器博物館を見学して帰った数日後のことだった。四月九日は私が所属している超教派キリスト教のグレイス合唱団の「エリア」のコンサートがあり、それを聴きにも来てくれた。いつもなら合唱のコンサートになどあまり関心を示さないのだが「久々に感動した」とまで言ってくれた。

しかし、ふりかえればオーバーワークだった。旅行、コンサートのためリハーサル、本番と私が家をあけることが多かった（食事が手抜き）、国際共通語であるエスペラント関係の大きなプロジェクトを二つかかえ、シャーロック・ホームズ関連で改訂版の締め切りも近く、あれこれ準備中という状況だった。夜中にパッと起きるとパソコンのところに行きメールチェックをして返信を書き、また寝て、また朝からパソコンの前にいる。私も留守がちだし犬もおとなしい子でさほど散歩の催促もしない。つまり一日中パソコンに向かうという日々だった。

一〇日の夜は私たちが主宰しているホームズの会の東京例会があり、私はそれに参加していた。吉祥寺が例会会場で、終了後一歩外へ出ると井の頭公園に向かう夜桜見物の人の波が延々と続いていた。いつもならちょっと仲間との食事と飲み会に参加するのだが、仲間たちはほかに打ち合わせがあり、一人会場をあとにした。西荻窪に住む娘が暇なら一緒に夕食でもと思ったが、彼女も友人と食事中なので家路を急ぐことにした。

八時過ぎ、いつもならとっくに寝ている時刻なのに司は起きて待っていてくれた。

「帰りを待っていたんだ」とのこと。昼前から出かけていた私に何か言いたいことがあったのかもしれない。ちょうど四月から町会のお当番も回ってきていて、私は帰るやいなや集金と集めたお金のお届けに近所に行ってしまい、ゆっくり話もしないままだった。

食中毒？　ノロウイルス？

ベッドに入りしばらくすると「気持ちが悪い。吐きそうだから洗面器をもってきて」と言う。風呂場から洗面器をもってくると、思い切り嘔吐した。「食中毒だ。カレーに何を入れたか、りさ（長女）に聞いてきてくれ」と言う。カレーで食中毒もなかろう。きっと嘔吐する風邪なんだと思った。ちょうどそういうノロウイルス系の風邪がはやっているときでもあった。一度嘔吐したらおさまったようだし、これなら明日病院へ行けばいいだろうとたかをくくって、ベッドの隣の部屋で私はパソコンに向かいつつ様子をみていた。

ところが三〇分ほど静かだったのにまた嘔吐を始めた。ふと、昔勤務していたときに聞いた「お父さんが夜、急に吐いてそのまま帰らぬ人となった」という同僚の体験談を思い出した。

「ねえ、あなた脳出血じゃないの」と言うと、「いや、そんなことはない」と一応医師免許証は持っている司が言うので私も安心してしまった。

しかし、嘔吐はおさまる気配をみせず頭がくらくらすると言い始めた。「救急車を呼びましょう」と言ってもいやだと言っているが、これはもう決断するしかないと覚悟を決めた。

救急車は病院を決めてから

救急車を呼ぶのは私の人生で五回目。同乗もそれだけしたことになる。一度目は昔勤務していた職場で急病人が出たとき、二回目は病気だった父の容態が急変してかかりつけの病院までの搬送を依頼したとき、三回目はアメリカから北京経由で来た友人が来日早々に体調不良で入院になったとき、そして四回目はノロウイルスにやられた長女のときだ。

娘は司が倒れたちょうど一ヵ月前の日曜日の夜に、風呂場でほとんど意識不明になりかけた。この四回目の経験が大いに役立った。救急車は呼ぶとすぐに来てくれた。幸い娘は抱きかかえればわが家の両側が本で埋もれた玄関を通過することができた。そのときは司と二人で救急車に乗ったのだが、すぐ出発するものと思いきや、「ではどこの病院に行きましょう?」とたずねるのだ。こちらが知っている病院名を挙げるとそこは遠い(ノロウイルスが蔓延していて練馬区の救急車は出払っていたため板橋区から来たのだそうだ)と言う。あとはたぶんインターネットで入院可能なところを探しているようだった。結局、わが家の最寄駅となる成増《なります》駅(板橋区)近くの病院が引き受けてくれることになり搬送してもらったという苦い体験をしている。

今回は前回の経験をもとに、受診可能な病院をあらかじめ決めてから救急車を呼ぶことにした。この年の一月の末に母が出血性胃潰瘍で入院した、中野区だが練馬区との境界にあるJ病院に電話をすると、嘔吐なら整形外科でもみるでしょうから、もっと近くでもいいでしょうということだったが、お願いして了承を得た。次に救急車を呼ぶ。住所と目標物を言う。

今回は練馬区からの出動だった。階段の両脇、玄関ともに本が山と積まれているので、救急車が玄関に到着したら家の玄関前から娘に道案内してもらって裏口から搬出してもらう予定で裏木戸をあけに行き、健康保険証、お金などを持ち、救急車の到着を待った。ところが救急車の着くころに司はトイレに行きたいと言って、朦朧としたなかで階段をお尻で下りてきてしまった。

救急車の人は司の搬送よりも両脇の本が崩れないかをしきりに気にしている。こちらも必死なので「めったに崩れませんから」と頼みこんで、やっとのことで横に足と胴を抱きかかえてもらって救急車に無事乗せることができた。

「J病院へお願いします。了承済みです」と言ったので、病院に電話を入れるとすぐに出発してくれた。救急車のなかで「奥さん、今度救急車を呼ぶときには、入り口が狭いからと言って消防車も呼びなさいよ」と諭してくれる。搬出困難なときには救急隊がさらに消防の出動を依頼するのだが、そうすると移送に時間がかかってしまうからということだった。「今度そういうことがあったらですよ、あったら困るけどね」と一応の慰めも言ってくれた。

夜間のことで二〇分ほどでJ病院に到着した。日曜日の夜だが事務の人がすでに玄関に出て到着を待ち受けていてくれる。当直医のY先生はひとめ症状をみてCT検査をすると言い、CT検査室に運ばれた。すでに脳出血との判断だったのだろう。ところが、なぜか先ほどまで作動していた機械が急に作動しないとのことだった。

「今からCT検査のできる病院を紹介しますから、そちらへ行ってください」と言われ、再度救急車で日大板橋病院に運ばれることになった。「急いで転院したほうがいいからお支払いはいつでも落ち着いたら来てください」とあくまでも親切な対応に感謝する。司の手には何かの点滴がされていた。

私も「そうだ、うちの近くの日大板橋病院は脳外科手術で有名で、友人のご夫君もここに運ばれて命拾いしたと聞いたことがある」とやっと思い出した。J病院から再び二〇分ほどで日大板橋病院に到着した。こちらの脳外科は二四時間体制で交通事故や脳外科手術の必要な病人のために何人ものスタッフが待機していて、昼間の病院のようだった。

ここでCT検査の結果、「小脳出血」と知らされた。

後日、司の弟は「目が回って吐いたら当然脳出血を疑うべきなのに」と兄の医学知識のなさにいらだっていた。ちなみに司は精神科医、弟は整形外科医である。

一刻を争う手術

これは典型的な高血圧の人の小脳出血の症例ですとCTを見せられた。「手術以外に助かる手立てはありません」と言われて、手術の同意書を見せられる。最近の医療はすべてインフォームド・コンセントが必要とされている。日本語でいうと「説明と同意」、「説明をうけて納得したら同意する」という手順がすべての検査、手術時には必要とされるのだ。

「このまま放置したら死にます。手術をしても死ぬこともあります。植物人間になることも痴呆になることもあります」と言われたが、ここでは「すべてお任せします」と言うしか私には選択肢がない。

かつて、ある研究者の方が脳卒中で体が不自由になり車椅子の生活を送っておられるということを知ったとき、「体が不自由でも頭がしっかりしていればいいね」と司と話したことがあった。司の場合は「体プラス頭もだめになる」。現在は「痴呆」は認知症と呼びかえられているが、そういう状況で生きながらえるのが本人の希望だろうかという疑問が一瞬脳裏をよぎったが、今はとにかく命が助かることを第一にしなければならない。

家族構成を聞かれ、「娘さんを病院に呼び寄せるように」と言われる。長女は家の留守番をしてくれている。さぞかし心配していただろう。彼女に妹たちへの連絡を頼む。夜中の三時ごろだったろうか。タクシーで長女が到着。まもなく次女と四女が同じタクシーで到着した。四女の最寄駅で合流してきたという。めったに携帯電話にも出ない四女に、夜中に連絡がとれたのも奇跡に近い。「意識を残しておきたかったのですが苦しがっているので」とすでに全身麻酔用のガスのようなものを吸わせてあるということで、静かに寝ているだけのパパと娘たちは面会した。明け方五時から手術準備に入り、昼には手術は終わるでしょうとのことだった。

手術室に行くとき娘たちは「パパ頑張って」と口々に声をかけていたが、私は呆然と見守っていた。それでも長女が持参してくれたフランスにある聖地ルルドの聖水を額にそそぎ手術の無事を祈った。

第2章■術後の二週間――転院とリハビリをみすえつつ

手術は無事終了

司が手術室に運ばれていく。あとは手術が終わるのを待つだけだ。三女は身重で二ヵ月後に出産を控えているので、病院に駆けつけるのは遠慮してもらった。心配でいてもたってもいられなかったそうだ。何か家でできることはないかと考えていたら「ママは近くのお菓子屋さんに、うちの子の入学祝いの赤飯の予約をしている」ということに気がついたそうで、親戚以上に仲良くしているお隣の宇都宮さんのお宅に電話をしてキャンセルしてもらったそうだ。そういえば、届けに行くと約束していたのだった。

重苦しい雰囲気のなか、手術室近くの家族待合室でみんなそろって待っているしかない。司の弟も藤沢（神奈川県）から駆けつけてくれた。急なことなので、みなそれぞれの予定をキャンセルしたりあちこちに連絡したり、こういうときには携帯電話が大活躍だ。

私もちょうど携帯に電話番号が入っていたキリスト教超教派の「グレイス合唱団」の団長さんにお祈りをお願いするとともに、指揮者で牧師でもある重見先生にもお祈りしていただくように伝言をお願いした。家族のなかで私だけが信者という時期が長く、(長女が最近洗礼をうけたが)教会とは縁が薄くなり、わずかに「グレイス合唱団」で歌うことでキリストとつながっているような毎日だった。この合唱団からときどき「○さんが病気なのでお祈りをお願いします」というメールが流れてくる。ついこのあいだも「交通事故で重い脳挫傷を負った○さんのためにお祈りを」という連絡があったところだった。

ずっとあとになって落ち着いたころ合唱団に顔を出したら、みなさんから「お祈りしましたよ」と言われて本当にうれしかった。

昼近くに、主任の執刀医から手術が無事にすんだことを知らされた。出血した血塊はみなきれいに取り除いたそうで、「脳梗塞は繰り返しますが、脳出血はそれほど繰り返しません」と言われ少しほっとする。

「小林司。一七歳」

それからまたしばらくして、ICU(集中治療室)に戻ってきた司に面会することができた。

麻酔がさめたときに看護師さんが「お名前とお年は」とたずねると、「小林司。一七歳」と答えたそうだ。ずいぶん若返った! 結婚前に戻っていれば娘の顔も忘れているかもとおそるおそる娘たちも近づいていったが、幸い私のことも娘たちのことも弟のことも覚えているようだった。声は蚊のなくように小さくカスレていて話すのはつらいようで、「わかったら手を握って」と言うとぎゅっと握り返してくれた。そのときは、一生寝たきりでも返事は手を握り返してくれればそれでいいと思った。

スウェーデンに住み、日本にも来て一緒に日本を旅したエスペラント仲間の夫君がやはり脳出血に見舞われ、「自分で食べることも話すこともできないが、私たちは理解しあっているから幸せ」という手紙を受け取ったことがあった。今、それはこういうことなんだと実感した。

また開頭手術と聞いていたのでもちろん頭の毛はないだろうと想像していたら、頭部の毛の上から包帯を巻かれていた。ずっとあとで知ったのだが、小脳は頭の後ろのほうにあって、首の付け根部分から頭にかけて七〜八センチほど切り、そこから五円玉位の穴を開けて行う手術なのだ。

その後、主治医の先生から家族に脳の写真を見せながらの説明があった。再発したときに備えてベッドサイドでも治療できるようにと額部分に穴をあけてあり、そこに五針ほどの傷がついているそうだ。ただそれも必要がないほど手術は成功したということでほっと胸をなでおろし、皆それぞれの生活に戻っていった。

集中治療室の面会は二、三人で一五分ほどときめられているので翌日も短い面会だった。喜ぶだろうとエスペラントの讃歌「La Espero《ラ・エスペーロ》」(希望)を枕もとで歌い、お祈りもした。わずかだが讃歌に唱和してくれているようだった。今司ができることは、私たちの問いがわかったら手を握り返す程度なのだ。

一般病室からハイケア室へ

三日目に見舞いに行くと、早くも一般病室に移されていた。ところが個室に移ったのもつかのま、すぐに看護室隣のハイケア室、つまり、医師・看護師が常に見守る必要のある重病の患者が入る病室に移されていた。意識は朦朧としているようだがこちらの言うことは理解してくれる。倒れる寸前に『週刊金曜日』誌の取材で本多勝一さんと会う予定になっていた。幸い引き受けていたのはこの仕事だけだった。本多さんには司の代わりに、上智大学で講師（現在は准教授）を務めておられる若手の新進気鋭の言語学者の木村護郎さんに会っていただく手配をした。

ところが司は「おれ、午前中に飯田橋に行ってきた」と、四、五日たったある日言うのだ。よほど気になっていたらしい。会う約束をしていたのは日本エスペラント学会（早稲田）だったが、いつも飯田橋で地下鉄を乗りかえていたのでそういう夢だったのだろう。どうも夢で本多さんと話をしてきたようだった。

入院時に渡された計画書に、入院期間は二〜四週間とあった。頭の手術をしたら当然三、四ヵ月はここで治療するのだろうと思っていた。毎日のことで精一杯で、先のことなど考える余裕もなかった。病状も一進一退、点滴からごはんになり、導尿からおむつに代わり、順調に回復しているかと思うと逆戻りして酸素吸入が再びつけられていたりで予断を許さない。手術後も毎日見舞った。娘たち家族もかわるがわる見舞ってくれ、身重の娘もパパの顔を見なくてはいてもたってもいられない、と見舞ってくれた。幼い子どもの声がいいらしいと孫たちも歌をうたってくれたり、折り紙をもってきてくれたり、入学式の写真をもってきてくれたりがんばってくれた。

主治医に会って話を聞くこともなく毎日が流れていった。夜七時ごろ、遅くに見舞った長女に「刺激が必要だから演歌か落語でも聞かせては」と先生が言われたので、「うちはそういうのは大嫌いです」と答えてきたという。

インターネットで見たらオルゴールを聞かせるといいらしいとの情報を末娘が伝えてくれたので、さっそく家にあるオルゴールのCDをテープにとり枕元で聞かせるようにした。さらに病院の帰途デパートでオルゴールのCDを求め、本屋で「脳卒中後のリハビリテーション」といった本を求めたが、片麻痺《へんまひ》の例が主で、小脳出血の例はなく不満だった。小脳出血はめずらしいのだろうか（後日、脳出血のうち五～一〇％くらいが小脳出血だと知った。入院中もリハビリ中も小脳出血で手術をしたという人には一度も出会うことはなかった）。

司の入院したハイケア室は夕方看護師の引継ぎ時間に病室にいることが許されず、その一時間ほどは病院の喫茶室で過ごした。いつもトマトジュースを飲んでいたら、私がレジの前に立っただけで「トマトジュースですね」と言われるまでになってしまった。いつも暗い顔でトマトジュースを飲んでいたので覚えられてしまったようだ。

早急にリハビリを

大学病院の先生は忙しいし、予約をして先生に話を聞こうなどということを思いつかなかった。やはり長女が夜七時ごろ見舞いに行ったおりに、早急にリハビリ病院に転院するようにと言われ、成増にあるK病院または東武練馬のT病院でということで家族で相談するようにという話だったそうだ。もうリハビリなのかと思う一方で、毎日の見舞いに追われていて、二つの病院はどちらも比較的近かったが下見に行って比べて検討する暇もなかった。

次に見舞いに行くと、東武練馬のT病院のパンフを渡された。インターネットで検索してみるとリハビリ専門病院のようだ。司も早くリハビリ病院に移りたいと一応意思表示してくれたので、ここの先生のすすめに従おうと決め、T病院にお願いしたいと伝えた。ゴールデンウイーク前に移るほうがいいので、先方のケースワーカーに話をとおしてあるから一度病院を訪ねてくるように言われた。

日大病院への見舞いの途中駅でもあるので、約束をとってケースワーカーを訪ねた。病院は大通りに面していて庭がなく、一階部分が広いリハビリルームになっていて二階、三階が病棟だった。天井が低く日大病院に比べると全体的に暗い感じがした。ケースワーカーの面接で、「病室は大部屋で室料差額は必要ないが寝巻き、下着、タオル、日中の服、靴下まですべてが病院のものをレンタル利用するのが決まりでクリーニング代、おむつ代などで月に一七万円くらいはかかるが経済的に大丈夫か」と念をおされた。そのほか本人の好きなこととか家族構成とかあれこれ聞かれ、リハビリは三ヵ月から六ヵ月かかるだろうとのことだった。その後は自宅を改修して在宅ですごしたいと希望を伝えた。ここの関連病院が成増にあるので、一定期間がすぎたらそこへの転院でもいいのではということだった。リハビリ期間が思ったよりも長く、暗い気持ちで日大病院に向かった。まったく脳卒中の知識がなかったので、リハビリをすればすぐに元に戻るだろうと思っていたし、その期間ももっと短く想像していた。

四月二三日（土曜日）に転院ということで、すべて手配されていて、移動のための寝台自動車も日大病院で手配済みだった。とにかく初めてのことなので、なにもかも病院で言われたとおりに動くしかなかった。

転院なのに「おめでとう」⁉

退院の日は「退院おめでとうございます」というファイルが渡され、それを持って会計に行く。なにか「おめでとう」のことばが白々しく思えた。ハイケア室は個室ではないので室料差額もなく、入院費、手術料には老人医療が適用され、決められた基準の額（所得に応じて医療費は一ヵ月一五〇〇〇円、二四〇〇〇円、四四三〇〇円）を支払えばいい。食事代は別途必要になる。どんなに高い手術でも老人健康保険が適用ならこの費用となるのだそうだ（その後、後期高齢者高額療養費の制度のもと、一ヵ月の負担額が変更になり、現役並み所得者だと八〇一〇〇円となった。次ページ参照）。

掛け金が高くて嫌だなと思っていた生命保険が思いがけなく役に立つことになりそうだ。入院一日五〇〇〇円、成人病特約をつけていたのでさらに五〇〇〇円が支払われることになる予定だ。入院すれば見舞いの電車賃もかかるし、何かと外食が多くなる。実際、この入院期間中は私はほとんど外食だったからその費用もかかる。「病気が貧困のもっとも大きな引き金になる」と昔、社会福祉の授業

【高額療養費】（東京都医療広域連合による）

同じ月内に高額な一部負担金を支払ったとき、限度額を超えた分が払い戻されます。
（但し、入院時の食事代や差額ベッド代など、保険がきかないものは対象外となります）

所得区分		自己負担限度額	
		外来（個人）	外来＋入院（世帯）
現役並み所得者		44,400円	80,100円＋［1％］※ （44,400円）※※
一般		12,000円	44,400円
低所得者	Ⅱ	8,000円	24,600円
	Ⅰ	8,000円	15,000円

各月の自己負担限度額は上表参照。
・外来は個人単位で適用
・外来＋入院は世帯単位で適用
※［1％］とは、
（医療費（10割分）－267,000円）×1％
※※（　）内の金額は多数該当
⇒過去12ヶ月に4回高額医療費が支給されている場合の4回目以降。
（ただし外来のみの支給は回数に含まない）

＊練馬区からの通知より転載。（2009年7月現在）

で習ったが、まさにそのとおりだと実感した。

何事も経験で、再発したときにはこちらも心のゆとりが出たせいか、昼は弁当を持参、ちょっと空腹を満たすおやつのパンなどを持って行って、自宅で夕食というパターンにした。外食が続き、私自身も血圧が高めになってしまったことへの反省でもある。

第3章■後遺症とのたたかい開始

ストレッチャーでの転院

ゴールデンウイーク前の四月二三日、土曜日にリハビリ病院へ転院した。四人飛ばしての入院だから月曜日ではだめで、どうしても土曜日にと言われた。退院は一一時の予定だったが退院薬がなかなか出なくて一時間遅れだった。寝台車は三〇分待ちまでは無料だが一時間待ちは有料とのことで、五〇〇〇円ほどの割増し料金。全部で三万円ほどにもなったがリンカーンのリムジンという超高級車で、ストレッチャーでの移動だった。長女と末娘が同行してくれた。

T病院は六人部屋でみな高齢の方ばかりだ。入院手続きの用紙の質問項目の一つに「病気が急変したときの連絡について」があり「すぐに知らせてほしい」のほかに「夜中だったら明日の朝知らせてくれればいい」という選択肢があり、驚いた。

さっそくに昼食が出たが器は見た目も悪く、キザミ食といってとても食欲をそそるような品ではなかった。味もけっこう濃く、なんともいただけない感じだったが、日本の病院はこんなものかと諦めるほかなかった。後日、この病院のロビーに患者アンケートの結果が張り出してあり、食事について「もう少し考慮してほしい」という要望に対して「今後改善努力します」と回答があった。現在はどうなっているだろうか。

リゾートホテルのようなリハビリ病院を作るべく現在取り組み中と、昨今売り出し中のトータルプランナーの佐藤可士和氏が新聞のインタビューで答えていたが、早く日本中にそういう病院ができてほしいものである。

言葉は出るが声にならない——構音障害

この病院で必要なものをそろえるために娘たちと近くのスーパーに行って、昼食をすませて戻ってくると、病室が変わっていて、同室の人はみな、いっそう重症な方のように思えた。六人の部屋に常駐のようなかたちで日中は看護師が一人配置されている（夜間はどうなのかは不明）。作業療法士、理学療法士、言語聴覚士がそれぞれ挨拶に来てくれた。とくに言語療法の若い女性は私たち（司と私）が著した『四時間で覚える地球語エスペラント』（白水社）を利用してリハビリを進めましょうと言ってくれた。

司には構音障害がありほとんど声が出ない。構音障害とは脳卒中後に多くみられる後遺症で、言葉は出るのだが声にならないのだ。声を出そうとしても出ないし、出てもかすれ声で、耳もとでささやくような感じだから、話しづらいこともあり自分から話すことはほとんどない。こちらからの問いにも「はい」なら指一本、「いいえ」なら指二本たてたてというようなコミュニケーションのとり方を言語療法士が教えてくれた。

尿意、便意があるのはありがたく車椅子で連れて行ってもらっていたが、夜間はどうだったのだろうか。とりあえずは日大病院からの流れでオムツをしていた。

パソコンでリハビリをしたい

末娘が「エスペラント会話を教えて」とせがんで『四時間……』の会話の部分のラザロ役をパパに読ませていた。そのうちに自分がラザロになりきってしまい、リトアニアのビリニウスにいるという夢の世界に入ってしまったりもした。

発病の直前に没頭していた『ザメンホフ――世界共通語《エスペラント》を創ったユダヤ人医師の物語』（小林司著）や『ザメンホフ通り――エスペラントとホロコースト』（小林司他、共訳）（いずれも二〇〇五年一月原書房刊）の舞台が脳裏をかすめているのだろう。

作業療法では、パソコンが三度のごはんより好きだということで、リハビリにパソコンを取り入れましょうということになった。自分好みにキー配列を換えて打ちやすくしてあるのでどうしても自分用のものを持ちこまなくてはならない。大きなモニターに弁当箱ほどの小さいパソコンをつないで、キーボードも外付けで一式だとかなりのスペースをとる。それでも三女がレンタカーで見舞いに来るというので、自宅に取りに寄って、病院まで運んでもらった。ところが狭い病室に置くのも困るし看護室であずかるわけにもいかないから持ち帰るように、と翌日言われて、今度はタクシーで持ち帰る羽目になった。とにかく、「本人のリハビリに役立ちそうなことなら何でもしたい」と必死だった。

脳卒中と「うつ」

食欲がないのが気になるが、休みの日以外は毎日、リハビリは丁寧にしてもらえた。その昔「自分が重い病気になったら何も食べなければ死ねるからそうする」と言っていたことをふと思い出し「もしかしてそんなことを考えているのか」と不安な気持ちが胸をよぎる。

「うつ病なのだろうか」とも思ったが、まさかあの人が、もともと万年躁状態のような人だったので、すぐに自分のなかで否定してしまった。看病に忙しく、参考書など読んでいる暇もなかったが、後日「脳卒中後はうつ病になる人が多い」とか「抗うつ薬を併用すると治りが早い」ということも知った。この知識がもっと早くあれば悔やまれる（久保田競・宮井一郎編著『脳から見たリハビリ治療』講談社ブルーバックスによる）。この本の担当編集者で、長いおつきあいのある高月順一さんが「少しでも早く読んで参考にしてください」とわざわざゲラを送ってくださって知った。

「早く治したい、治ってほしい」の一心で看病を続けた。もともと私自身も「うつ」持ちで何かあるとすぐに「うつ状態」になる、反応性うつ病で抗うつ薬が手放せない状態だったので、さっそく私自身も病院のお世話になってしまった。

どの人も本当にみな親切心からなのだが「あのサプリ、このサプリがいい、あれがいい、これがいい、あれがダメ、これがダメなどなど」さまざまに教えてくれる。身近な人からのアドバイスほど断ち切りにくいもので、その調整、折り合いもまた悩みの種となっていった。

食欲がなく水でも嘔吐

病院からは、食欲がないので「何を持ってきてもかまわないから本人の好きなものを食べさせるように」との指示が出る。この年の五月は初夏のように暑く、クーラーの入らない病室、窓の外はすぐに道路で、環境もかなり悪かった。毎食アイスクリームや冷たいジュースだけを欲しがるパパのために、末娘はアイスクリーム製造器を購入して手作りの豆乳アイスを持参してくれたりもした。牛乳よりも豆乳のほうがよいというアドバイスがあったが、市販では入手しづらかったのだ。豆乳アイスクリームを購入したいと言うと友人は売っているお店をあちこち探しみてくれたりもしてありがたかった。「買い物ならいつでも行ってあげる」、というありがたい申し出も多くの方からいただいた。

長いあいだのコーラス仲間の伊能さんはめそめそ泣いていた私をいつも励ましてくれて、何回も病院にお見舞いに来てくださった。食欲がないと聞いて美味しいおすし屋さんから握りずしを購入して差し入れてくださった。マグロが好物の司は二個食べてくれた。

「伊能さんの寿司はうまい!!」とお帰りのときに投げキスをするくらい上機嫌だった。マグロ寿司なら食べるのかと、さっそく次の日は近くのスーパーで買って持っていったがさほどおいしくなかったようだった。

「またお寿司持って行くからね」と伊能さんは言ってくれた。

食欲はないもののリハビリは順調に進んでいるように見えた。そのあいだにお隣の宇都宮さん一家が小さいお孫さんを伴い、お見舞いに来てくださる、好物のメロンをくださる、などなど限りなくお世話になった。病院に行って帰りが遅くなることもしばしばで、犬の散歩から犬の夕食の世話、さらには私たちへのおかずの差入れまでしばしばしていただいた。「こんなときは甘えて」と言われて甘えっぱなし。犬はいたずら盛りで玄関前につないでいたらポストに登る、塀に登り首吊り寸前に近所の子に助けられる、などして大いに迷惑をかけてしまった。

エスペラントの仲間の青山さん大井さんも見舞ってくれ、エスペラントの会話のデモンストレーションにもなった。すると向かいのベッドの奥様が「その昔、高等女学校で勉強したことがあります」と声をかけてくださったことも懐かしい。

闘病日記を見ると五月六日「イチゴでゲボ」とある。嘔吐はこれが初めてだったかもしれない。その後、リハビリのあと、風呂のあとに水を飲んだとき、としばしば嘔吐した。嘔吐を繰り返してかなり心配もしたが、半年後に退院したあと一回嘔吐したきり、再発まで嘔吐はなかった。さんざん心配していたが、このあと六月に転院の相談で長野県の鹿教湯《かけゆ》病院を訪ねたおり、リハビリ科の医師をしているエスペラント仲間のIさんに「小脳出血の患者さんはよく吐きますよ。普通は半年くらいで収まりますが、なかには一年間吐きっぱなしという人もあります。そういう人は点滴しながらリハビリします」と聞いてからは肩の荷がおりた。

こういう情報も意外に少ない。実際、彼のほかからは一度もこういう説明はなかった。

介護保険の申請に行く

発病から一ヵ月もたつと少しだけ心にも余裕が出てきた。この病院のケースワーカーからは介護保険の手続きをするようにと言われ、今後の相談をする面談の日も約束した。

「介護保険がいるほど後遺症が残るのだ」とそのときはじめて思った。リハビリすれば元のようになれるのだと勝手に思い込んでいた。整形外科医の司の弟も「リハビリは長くかかるでしょう」とは言っていたが、そのときにはまだ私のなかでは「長くかかるけれど元に戻る」という認識だった。

どのくらいの時間が経過するとどうなるのか、不安のなかで前述の鹿教湯病院のリハビリテーション医師である友人のIさんには電話やメールであれこれ教えを願った。「忙しいのはいつでも同じだから」と快く電話での質問にも答えてもらえたし、メールで何回も相談にのってもらい、本当にありがたかった。

T病院でも入院後に医師の面談があったが、こちらの細かい心配ごとに答えてくれるようなことはなかったし、渡された入院計画書には「五年以内に再発して突然死の可能性五〇パーセント」という非情な記載がされていた。

ここでまず一つの壁に直面した。どの程度回復できるのか、Iさんはシルバーカーで歩ける程度には回復すると言ってくれたが階段は上れるようになるだろうか、引越したほうがいいのだろうか。娘たちからは、できれば娘たちが住む吉祥寺方面のマンションに引越してはどうか、さもなければ今庭になっているところに新しくお風呂と寝室を作ったほうがいいだろう、などという提案があった。

とにかく様子を見てから、まずは介護保険の申請を、と連休明けに近くの介護施設を訪ねた。ここはかつて母が半年ほどお世話になっていた介護老人保健施設で、「ここの相談員の方は親身に相談にのってくれて、本当に助かった」という友人のすすめで利用した。昔からある精神病院の敷地内に建設されたもので、建物も新しいし、とにかく皆親切だったので、司の介護保険申請も迷わずここにお願いに行った。自宅から歩いて一五分ほど、自転車なら五、六分のところだ。

発病一ヵ月にして意識不明に

五月一一日、午前中に次女が司を見舞い、豆乳と好物のポテトサラダを食べたとの連絡をもらったあとのことだった。介護保険の申請書をほとんど書き終えたところで携帯が鳴った。出てみるとT病院の医師からで「急に意識不明になられました。日大病院へ搬送します」とのこと。とにかく申請はまたということで、あわてて自転車を家に置き末娘には日大病院に直行してもらい、私はT病院にタクシーで駆けつけた（T病院には入院時に、病状が急変したときには日大病院へと依頼してあった）。

今日、伊能さんはもう一度お寿司を持って病院に来てくださることになっている。タクシーのなかから何回目かの電話でやっと通じて「今お寿司屋さんの前なの、お大事に」と。二〇分ほどで病院に着くと、いつものベッドが高く上げてあり、酸素吸入と点滴、導尿がされている。

「ツカササン」と大きな声で呼びかけると、かすかな声で「もうイイ」「水が飲みたい」という返事だった。医者が来て「突然意識を失われ、瞳孔反応もなくなりました」「水は差し控えて、脳圧を下げる点滴をしています。日大病院には連絡済みなのでこれから救急車で向かいます」との説明があった。

すぐにでも出発かと思ったら、看護師が書類を整えているとかでなかなか出発しない。さらに二〇分ほどして「では救急車を呼びます」と言う。私は病室にある必要と思われるものを大慌てでまとめた。ザメンホフの肖像画、ルルドの聖水、ロザリオ、髭剃りなどなど。救急車にはT病院の医師も同乗した。病院から病院への救急車での移送のときには医師が同乗する決まりになっているのだそうだ。

救急車が日大板橋病院に到着するとすでに末娘も西荻窪から駆けつけてくれていた。物書きで、自宅で仕事をしているので比較的時間が自由になる娘がいてくれて助かる。救急外来に着くと、さっそく血液検査と脳のCT検査をした。


脱水が原因だった!!

「脳はきれいで心配いりません。脱水症状がみられますので今日はここに泊まっていきますか!」という明るい声の医師の説明にほっと胸をなでおろす。私たちが動転しているあいだにT病院の医師は救急隊とともに病院に戻られたようだった。

また振り出しに戻り、日大板橋病院のハイケア室の患者となった。点滴も脱水症状改善のものに変わり、意識もしっかりしてきた。さっそく本人から「導尿をはずして」との希望。先生に伝えると、明日までそのままでと言われたが、筆談で「絶対に今すぐ」と言う。先生は希望を聞いてくださった。

前回とは主治医が変わった。前回の主治医のM先生に廊下で会うと、「これからはリハビリ七、内科三でいきましょう」と暗にT病院に戻るのではなく内科ケアのいい病院への転院をすすめられた。

今度は自宅近くの大泉生協病院はどうかという。そのとき初めて聞いた名前だったが大泉学園駅から徒歩なら一五分ほど。バスもあるし、末娘の住む西荻窪からも病院近くを通るバスが出ていて交通の便からは申し分ない。夜にネットで調べると一点、言語聴覚士がいないことが欠点だったが、病院にやたら詳しいという友人に聞きあわせたりもした。

生きていてくれるだけでいい

翌一二日には日大板橋病院の医師の説明も午後からあるとのこと。前回の入院のときに比べると私のほうも心の落ち着きができていた。日大病院に行く前にT病院にも立ち寄った。一応、「今日、日大病院での説明が終わるまでベッドは確保しておきます」とのことだったが、荷物は持てますかと、暗にすべての荷物を持ち帰れ、もう来ないだろうという感じが受け取られた。この病院のお仕着せのパジャマに着替えたあと、日大から転院するときに着ていたパジャマがどうしても見つからないままになった。娘がせっかくプレゼントしてくれたのに。

大荷物をかかえて日大病院へ。一七歳の青春時代にタイムスリップしているようでもあるので、青春をすごした「第四高等学校」の寮歌のCDをテープにとってきたものをかける。『「だいし」と言うんだ。「だいよん」と言う奴はしろうとさ』などとよく言っていた。第二次大戦中のつらい時代に青春をともにした仲間が懐かしいのか、他のところの同窓会は「医者ばかりで話があわない」などと言ってほとんどどこへも顔を出すことがないのに、「四高」の同窓会にはあちこち出席し、私もよくお供をした。「アイン、ツバイ、ドライ」のかけ声ではじまる時代がかった寮歌は私にもなじみだった。

医師の説明はM先生同様「脱水症状が改善されたら内科ケアのいい病院でリハビリを」ということだった。

司の頭のなかはかなり混乱しているようだった。それでも一回目の入院では思いもよらなかった、車椅子での院内散歩、喫茶店でトマトジュースを一緒に飲む、公衆電話から弟に電話をかける、などができるようになっていた。「生きていてくれたこと」への感謝の気持ちで一杯になったりもした。また、たまたま外来に来たから入院のときのお礼に立ち寄ったという見知らぬ方も「絶対に治るから、安心して治療に専念して。私も夫がここ（ハイケア室）にいたときは毎日泣きの涙だったわ」と励ましてくださった。なんとご主人は杖で歩いておられた。寝たきりで頭もかなり混乱している司がはたして歩けるようになるのだろうか。

「生きていてくれてありがたい」「生きていてくれるだけでいい」という感謝と、先行きの不安が交互に私の心を襲ってくる。

ハイケア室の隣のベッドのおばあちゃんは私たちの看病風景に涙してくれた。普段はわけのわからないことを言って看護師さんを困らせているのに、人間の深い感情はいつになっても失われないということを実感したものだった。

あとから知ることになる高次脳機能障害だという若い患者さんとも同室だった。同室の患者さんのことにも気がまわるようになった。

夢のなかでリトアニアへ

唯一の兄弟である弟に電話もしてみた。

「ここはリトアニアのカウナスにある日大板橋病院だから」「ここの病院にいると腎臓売られちゃうから早く助けにきてくれ」などと司が言うので弟はびっくりだった。カウナスはザメンホフがひととき開業したリトアニアの町で、ここで「エスペラント」という国際共通語の草案をまとめたのだった。倒れる前に熱心に取り組んでいた『ザメンホフ』『ザメンホフ通り』の本の内容が頭のなかで渦まいていたのだろう。この電話には弟もかなり驚いた様子で、「腎臓の件は僕がすべて手をまわしたから安心するように伝えてくれ」と言ってきた。二人だけの兄弟で心配していることが手に取るようにわかる。不安のあまり、窓から飛び降りた患者もいるから十分注意するようにとも弟は言った。

このころもよく嘔吐した。水を飲んでむせてということが多かった。パジャマは自分のものを使っているのだが間に合わず、病院の貸し出し用のものも何回か借りた。ここは自宅に持ち帰り洗濯して

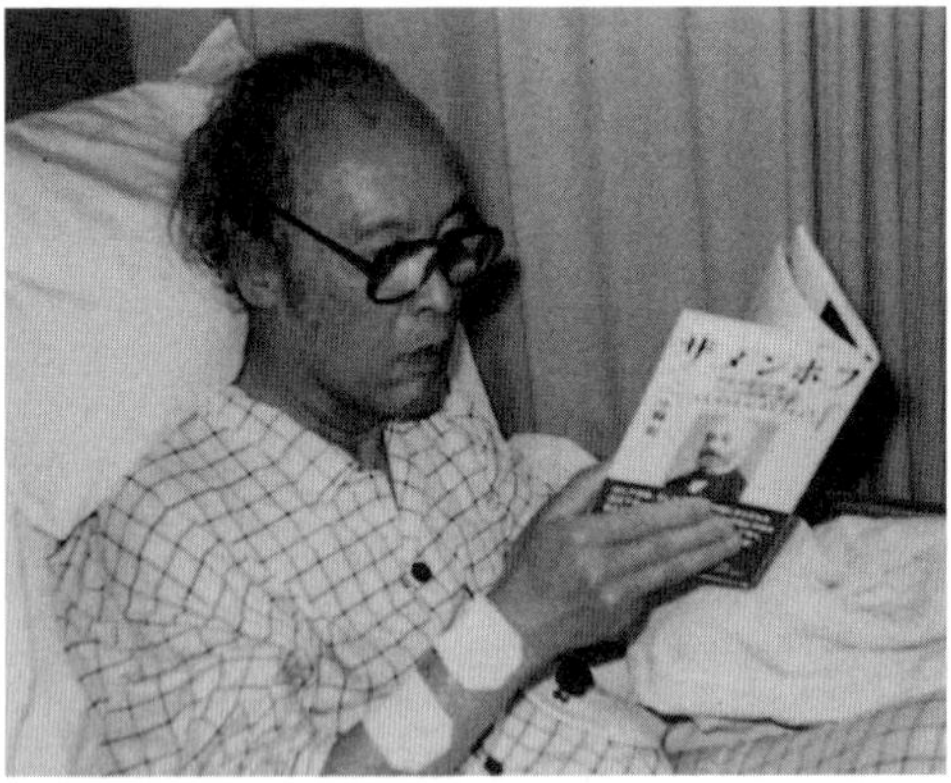

自ら著したザメンホフの伝記を読む司。日大板橋病院にて

お返しすればいい。

紙おむつは売店で買い、病室に置いておくのだが、足りなくなったときには、病院のものを使って、あとで買って返すシステムになっている。おむつは三〇枚二五〇〇円ほど、こういう費用もばかにならない。後日介護保険でおむつ利用が認められてからは領収書を福祉事務所に提出するとおむつ代が支給されるし、退院後は自宅まで現物が配達されてきてほぼ一割の負担ですんだ。ただし、一ヵ月の利用額の上限が八〇〇〇円と決められていて、それを越す分は自己負担となる。いちばん必要なときには間に合わない仕組みになっているのが残念だ。認定前に購入したおむつの費用は自己負担となる。このシステムは東京都全部ではなく練馬区独自のものらしく、他の区に住む人からはうらやましがられたりもした。

とにかく転院を希望している病院に面接に行かなくては先に進まない。

第4章■「よいリハビリ病院」とは

病院選びのむずかしさ

日大板橋病院に舞い戻ったその日のうちに大泉生協病院への転院をすすめられたことは前にもふれた。後日、ご近所の方がこの病院の支援をされていることを知って、私たちも会費一〇〇〇円を払って組合に加入した。

「うちの病院にしてくれればよかったのにね」と熱心な支援者の方から言われた。唯一の欠点と思った言語聴覚士がいないということもその後改善されたそうだ。

ちょうど長嶋茂雄さんが脳梗塞で倒れられたころで、リハビリが世間の注目を集めていたこともあり、週刊誌でよいリハビリ病院の紹介特集をしていた。その週刊誌に取り上げられたということで、T病院の入り口に自分の病院を赤枠で囲んで張り出してあった。

ふと見ると、その上にその年、母が出血性胃潰瘍でお世話になった江古田《えごた》のJ病院の名前があった。

母がお世話になったときに看護師さんが大変親切にしてくださったことを思い出した。東京で数少ないカトリック系の病院でもあるし、一番初めに救急車で行った病院でもある。インターネットで調べると、ここには言語聴覚士もいる。大泉生協病院の場合はT病院のときと同様で日大からすぐに転院できるのだが、J病院を第一希望として、入院申し込みに行くことにした。電話で問い合わせたときの応対も親切だったし、何か神様のお導きという感じがあった。入院の申し込みには院長の面接が必要でその予約も必要とのことだが、いちばん早くと翌週の月曜日の夕刻の予約も電話でしてもらえた。

急に薬のことが不安になって、日大病院に電話で連絡したことがあった。先生に話したいことがあるのだが、と言うと、「用があれば来院して直接言ってください」との対応で、「今行かれないから電話しているのだ」と答えたことがあった。病院入口にかかげられている病院の理念「患者様中心に……」という言葉がすごく白々しく感じられた。いちいち電話してくる患者や家族に対応していては忙しくてたまらないというのが実情かもしれないが、もう少し対応を考えてほしいものだ。

T病院では、目の梗塞を経験しているので水分補給には注意してほしいとの旨の張り紙までしていたのに、脱水で意識不明にするとは看護は最低という感じは拭い去れない。はじめは「怒り」を感じたが、これで看護が充実している病院に転院するきっかけになるのだから「神様のみこころ」とも思えた。

J病院への転院が決まる

J病院では約束の時刻を一時間過ぎたところでやっと名前を呼ばれてなかに入ると、そこにはたぶん院長が座っていたのだろうがあまり記憶がない。その後ろに顔見知りのこの病院のケースワーカーのNさんが満面笑みをたたえて立っていた。Nさんは認知症の母が入院中、点滴を抜いてしまうので「家族が付き添ってほしい」と言われて困り、相談に行ったときの担当のケースワーカーさんだ。包容力があって相談をまるごとうけとめてくれて「ケースワーカー」の手本のように素晴らしい方だ。その方がそこに立っているということで、私は本当に救われた感じがした。

母のときには結局付き添いさんをお願いすることにしたのだが、いくつかのパンフレットを提示してくれて、「どこがいいということは言えませんが、小さいところですと気にいらない人がきても変えてもらえないことがありますよ」というアドバイスをしてくれた。そのときパンフレットのいちばん立派なところを選んで正解だったことも思い出した。

一応の病状を説明すると、一週間程度内科病棟で様子をみてからリハビリ病棟に移っていただきましょうということで、あとは病室の空きを確かめて空き次第入院ということにあっさり決まった。

さて病室空き次第の連絡といっても家は留守がちだしと不安に思っていると、Nさんはもう五時をすぎシャッターをおろしパソコンの電源を落としている入院係のところまで行って事情を話し、再びパソコンを立ち上げて空き状況を調べてもらってくれた。幸いその週の木曜日に部屋が空くことがわかり、転院の日時も決まった。安堵と感謝で思わず涙が……。

そのあとリハビリ病棟も見学させてくれた。病棟は一階で中庭に面していて緑がきれいだった。大通りに面して庭もない、緑のひとかけらもなかったT病院に比べたら、もう天国のように感じられた。リハビリ病棟専用のリハビリ室もあったし、食事もおいしそうだし、寝巻きはレンタルもあるけれど希望で自分のものでもかまわない。寝巻き、下着などのレンタル料だけで月一七万円のT病院のことを思えば本当にありがたいことだ。

この病院の受付に名刺が置いてあった患者移送サービスの会社に電話をしてさっそく移送の手配をする。前回は日大病院にまかせたが、こちらだとほぼ半額で移動できることもわかった。なんでも経験だと思う。

あとは無事に転院できるよう、その日を待つばかりだ。

「ようこそおいでくださいました」の言葉に涙

今回の転院の日は平日ということもあり、日大の退院薬はさっと用意されるし、あとはストレッチャーでの移動用の車がくるのを待つばかり、と段取りも順調だ。末娘が今回も同行してくれた。次女は、きっと病院でお昼は出ないだろうからとJ病院までお弁当を持ってきてくれることになっていた。

日大病院からJ病院まではほぼ三〇分、病院のストレッチャーに乗り換えて待合室で待つ司に、白いシスターの衣装に身を包んだ年配女性が「ようこそおいでくださいました。こちらでゆっくりご静養されてお元気になってご退院くださいね」とやさしく微笑みかけてくださった。

そのやさしい言葉に涙した。まだほとんど寝たきりで寝返りさえままならないのにと、また不安に襲われたりもした。この先どうなるのか、リハビリは進むだろうか、不安で一杯だった。

入院の手続き上の検査（レントゲンとか血液検査とか）をひととおりすませて病室に行くと、着いたときに事務室にあずけた日大からの荷物はすべて病室に入れてあった。なんと親切、ホテルのようだと感動した。ただ病室はかなりの年代もののようで窓ガラスはヒビのところをテープでとめてあるというありさまで、トイレは付いているがウォッシュレットはなく、設備面ではちょっと不満だった（その一年後に取り壊しが決まっていたので窓ガラスも直さなかったのだろうな、と後日納得）。

次女の用意してくれた可愛らしいお弁当もひと口、ふた口で嘔吐してしまった。移動の疲れが出たのだろう。日大病院でも嘔吐、何かあるごとに嘔吐で本当に気の毒だった。

「お昼はまだでしょう」と昼食が出てきたのにも驚いた。こちらのおかずには少し手をつけた。T病院に比べて器もきれいで食欲を誘うしつらえだったが化学製品だった。ある病院では患者さんの食欲のために器は瀬戸のお茶碗、漆のお椀を使っていると聞いた。さすがにそこまでは手がとどかないのだろうが、それはまあ理想のこととしておこう。

期待はずれの言語療法

看護師の面接があり、翌日からはさっそくリハビリも始まり、内科病棟にいるときにはリハビリ病棟の専用室ではなくて、二階の明るい大きな部屋では理学療法を、作業療法は別室でと気持ちよく過ごした。期待の言語聴覚士はベッドサイドに来てくれ、かばんから厚紙に描かれた絵を出して見せて

【リハビリの担当分野】

リハビリには理学療法、作業療法、言語療法がある。それぞれに国家資格をもった専門員があたる。

1965年に、医学治療の発展にともない「理学療法士及び作業療法士法」が制定されている。

●理学療法

身体に障害がある人に対して、治療体操やその他の運動を行わせたり、電気刺激、マッサージ、温熱その他の物理的手段を加えて機能の回復を図る。

ひとことでいえば主に足が担当。

●作業療法

身体または精神に障害がある人に対して、手工芸、日常生活活動、職業関連活動、遊びなど多種多様な作業を利用して、心身の機能回復、応用的動作能力・社会的適応能力の回復を図る。精神科領域、高次脳機能障害の領域も担当する。

ひとことでいえば主な担当は手。

●言語療法

聴覚、構音、言語障害を伴う患者に対してそれぞれの訓練をする。また難聴の人の補聴器使用の訓練、失語、失行、失認に対する言語訓練、嚥下障害、高次脳機能障害も担当する。1999年に国家資格となり言語聴覚士と呼ばれる。

ひとことでいえば主な担当は口。

「これは何ですか」とたずねる。出ない声でかすれかすれに答えていた。

この幼稚園生の幼児教室のようなはじめの対応に嫌気がさしたらしく、その後の言語療法は、どんな質問や話題にも結局乗らなかった。この点ではT病院の言語療法は本人がいちばん好む話題や教材を使ってくれてありがたかった。

後日、人形浄瑠璃の人形師が脳卒中による構音障害と失語症で言葉が出なくなったとき言語聴覚士が人形を療法室に持ち込み「自由会話で成果をあげた」という新聞記事をみた。やはり本人の好きなテーマで話すように仕向けなければと思った。

そのときは思わず私も言語聴覚士になって理想のリハビリを試みたいとさえ思ったものだった。バッハの音楽CDなども持ってきたり、それなりに努力をされたようだったが、最後には「ご家族とお話しされるほうがいいでしょう」と言語療法は今後はしないという提案を主治医にされてしまうという顛末だった。

まずは内科病棟で検査をしつつ血圧コントロールを始めた。手術直後は血流をうながすために血圧は高めにしておくそうだが、そろそろ下げようということらしい。主治医の名前が二人かかげられていた。年上の主治医は一度くらい病室にあらわれたかどうかだったが、若い医師が頻繁に病室を訪ねてくれた。

看護、介護の人も日大板橋病院に比べるとゆったり対応してくれているような感じだった。部屋にトイレもあったし小さい部屋だったので、私が付き添っているときには肩をかしてなんとか壁伝いにトイレにも歩いて行った。

記憶の不思議

五月二三日にはリハビリ病棟に移りますと言われた。その直前の土曜日、その日は以前から司が企画していた「リトアニア」の勉強会が日本エスペラント学会で行われた。病気になる前から企画していたもので、その年に世界エスペラント大会が開催される地「リトアニア」の勉強を皆であらかじめしましょうということになっていた。その日はエスペラント学会が購入したパソコンプロジェクターの初使いの日でもあった。言いだした張本人の司は入院の身で、代わりに私がそれを引き受け、インターネットや書籍でバルト三国の特徴、歴史などをかいつまんでエスペラントで講演した。ほかの出席者からも貴重な話があり、出席者三〇名ほどから喜んでもらえた。その報告をかねて病院に行き、パソコンで資料を見せながらかいつまんで話すと、「いい話だったね、俺がしようと思ったことをみんなしてくれた」とカスレ声ながらご機嫌だった。

あとから聞くと、発病後のことはすべて忘れているのだが、そのときそのときではしっかり辻褄のあう返答が返ってくる。

その日は会合のあとで病院に行ったので、しばらくすると面会時間終了の放送があった。帰ろうとすると、窓からの雨を見て「いいじゃないの、今日は泊まっていきなよ」と言う。看護師さんがまわってきたので、当然だめと言われると思ったが「あの、泊まっていってと言うんですよ」と言うと、あっさり「どうぞ」と答えるのには驚いた。たしかに外は雨、そのときは長女も同居していたので犬の世話さえしてもらえば事なきをえるので泊まることにした。消灯になるし、しかたなくベッドの横に潜り込んだ。

しばらくして簡易ベッドもお貸ししますと看護師さんがみえたがお断りして、そのまま病院のベッドで一夜を明かすことになった。

第5章■看護の仕事は流れ作業？

内科病棟からリハビリ病棟へ

五月二三日午後にはリハビリ病棟に移ることになった。午前中に病棟に行くと白いシスター服の姿もある。このシスターはいつも力になってくれた。司が育った金沢の町からそう遠くないところのご出身というのもあとからわかった。

リハビリは一人一人に個別にする時間は限られているので、各自でも自主的にリハビリをするようにという注意書きをもらった。いよいよリハビリ生活の再開だ。

病室は二人部屋だったが隣のベッドは故障しているとかで一人で占拠。トイレがないのが不便だが、個室料金一二〇〇〇円だったところ二人部屋で料金は七八〇〇円となり経済的負担は軽くなった。

生命保険（不払い問題でマスコミをにぎわせたが）からは一日あたりで、成人病特約もつけて一二〇日間は一万円、一二〇日以降は五〇〇〇円が支払われた。入院費だけでいえばその後個室にも二ヵ月ほど入ったがカバーされた。ただ、見舞いに行く交通費、どうしても増える外食費用など出費はかさむ。家計簿はつけていないのであとからふりかえってもどのくらい経済的負担が大きかったのかは不明だ。

内科病棟で泊まることを許可してもらったので、ここでも泊まって看病したいと申し出た。看護師長の許可がいるとのことで翌日に許可してもらった。

クールな看護師長

そしてこの病棟につくと、病院の決まりなのだろうが、またもや家族構成からはじまり、病気の経過、今後の予定などについて看護室に呼ばれて尋ねられた。内科の病棟でも同じことを聞かれたのにまた同じ質問を繰り返すのだ。家族構成から始めるところをみると書類をコピーしてまわすということをしないようだ。患者の家族にしてみれば、同じ病院内で同じことを尋ねられるというのもなにか納得がいかなかった。最近は電子カルテを利用している病院も多い。たしかに個人情報が安易にコンピュータから流出してしまうという危険があるのかもしれないし、また医療者がコンピュータの入力に不慣れということもあるだろうが、患者の情報を病院の全スタッフが共有するということも大事なことだと思う。

リハビリ病棟に移ったのは脳出血手術後ほぼ一ヵ月半で、まだ自力で立ち上がることもできず、さらにベッドで自力で起き上がることもできず、一度寝たらその位置を自分で変えることもできない。

寝返りがやっと自力でできる程度、というかなりの重症であった。とにかく、寝返りができるということは床ずれができないので非常に幸いなことなのだ。さもないと、看護師が時間をきめて体の位置の交換をしなくてはならない。

看護室での型どおりの質問のあと、「この病棟には原則三ヵ月しかいられませんので次にどうするか考えてください、三ヵ月はすぐに経ちますからね」と言われた。今、この病棟に紆余曲折のあげくにやっとたどりつき、さあこれからリハビリをするというときなのに、いきなり三ヵ月後の退院の話なのかと驚いた。医療の原則だろうが、その言い方、伝え方は少なくとも、私には患者やその家族への思いやりの気持ちが微塵も感じられないものだった。しっかり者で仕事はバリバリこなしているように見受けられた看護師長だったが、すべての患者が流れ作業で扱われているように思えた。

入院中に、お母さんが脳梗塞で倒れたというNちゃんと仲よくなった。毎日お見舞いに来ていて顔見知りになり、お互いに慰めあったり、励ましあったりした。

彼女はこの看護師の言葉（同じ内容を伝えられた）に思わず泣いてしまったそうだ。そうしたら「泣いている場合ではないでしょう。あなたがしっかりしなくては」と言われたそうだ。お母さんには涙を見せられないからここで泣かせて、と私たちの病室で泣いていった。まだ二〇歳そこそこなのに長女で妹のめんどうをみて、家業の手伝いもしているとか。けなげだった。

追い討ちをかける理学療法士

先ほどの話に戻ろう。看護師長の問いかけに、三ヵ月後には、在宅にしたいとおそるおそる答えると、同席していたリハビリ担当の理学療法士がこれまたニコリともせずに「寝室はベッドですか、一階ですか」と尋ねた。これも決まりの質問なのだろう。

「二階です」と答えたとたんに即座に「それでは、それは無理ですね」と断定した。

たしかに今の病状からは、理学療法士の立場からみれば二階で生活するのは「無理だ」と判断したのだろうが、その態度と言い方に圧倒された。

「今の状態からみると、私には三ヵ月後に二階の寝室で暮らすことはとうてい無理だと思います、でもがんばってみましょう」と理学療法士が言ってくれたらどんなによかっただろうにと思う。

あるいは「二階での生活は無理でしょうが一階でならなんとかなるかもしれません。努力してみましょう」というわずかでも希望が抱ける言い方をしてほしかった。

ガンでも積極的に生きることを身をもって世に示した絵門ゆう子さんが朝日新聞に寄せておられた「ガンとゆっくりと」のある回のエッセーに「不治の病に冒されている若い女の子が『先生、私結婚できるかしら』とたずねたとき即座に『できない』と返答された」という、つらい体験談へのコメントが載っていた。医師に嘘をついてくれというわけではないけれど、「今の医学ではあなたの病気は治らないが、将来は医学が発達して治ることもあるだろうから、そうしたら結婚もできるかもしれませんよ」とどうして答えてくれないのだろうかというような内容だった。絵門さんはカウンセリングの勉強をされていたそうなのでカウンセラーとしての思いだったのだろう。

ただでさえ忙しいだろう医療者にカウンセリングの知識まで求めるのは無理かもしれないが、最低限、患者とその家族のつらい気持ちをおもんぱかる程度のコミュニケーション技術くらいはもってもらいたいものだと思った。

理想のケースワーカーと病棟の患者に慰められる

よくしたもので、その病棟に「入院生活でお困りのことはなんでもご相談ください、秘密は守ります」という医療相談室のポスターが張ってあったのが目にとまり、すぐに相談室に駆け込んだ。

そこで包容力がある非常に素晴らしいあのケースワーカーで、入院を依頼しにきたときのNさんに早速に悩みを聞いてもらった。彼女は私の思いをすべてやさしく受け止めてくれたうえで、看護師長の立場や現在の医療制度についても説明してくれ、さらに「次に転院するならこういうところがありますよ」と、さまざまな病院のパンフレットも渡してくれた。

「私が担当したXさんはこの病院に転院されて今は杖で歩けるようになりましたよ」というプラスの情報もあり、気持ちが楽になった。彼女は私もそうありたいと思うほどに理想のケースワーカーだった。この相談室がなければ入院生活はいっそうつらいものになっただろう。Nさんには折にふれて力になっていただいたことも忘れられない。

また病棟の患者さんが、「僕はあと数日で退院するけれど、はじめは車椅子でね、けれど毎日リハビリしてほらこんなによくなったんですよ」とプラスの情報をくださったのもうれしかった。とくに入院したては経験もないし、その経験談を綴った本を読むゆとりもない。人生はじめての体験で真っ暗なトンネルのなかに放り込まれているようなものなのだ。トンネルの先にあるほんとうに小さな明かりでも、それが見えればそれに向かって歩いて行かれる。

味気なかった作業療法・理学療法

リハビリの作業療法はまずは椅子に座って作業するところからということで、「ぬり絵」だった。しかも、いかにも本人にとって興味のなさそうな南国の図。ならばと自宅から画用紙、水彩色鉛筆などを持ち込み、好きに絵を描くようにしてもらった。絵は比較的得意なほうだった。一ヵ月もたたないうちにその女の先生は退職されて、次の担当は男性になった。座って輪投げを右にしたり左にしたり。そのうちにレベルがあがると立ったり、後ろにまわしたり、とにかくこの病棟にいるあいだ、特段変わったことをするでもなく輪投げ一本だった。もっとも小脳出血だったので両手両足に麻痺があるわけではない。手も足も動かすことはできるがそれらの器官の動きをなめらかにすることができないという障害なので、とくに指先の運動などは必要がなかったのだろう。

理学療法は内科病棟のときには平行棒のなかで両側を伝って歩く練習と歩行器で歩く練習をしていたのに、リハビリ病棟に来てからは平行棒のなかの一点張り、あとは足踏みだけ、励ますわけでもなく療法士は無表情に淡々と続けた。階段の上がり下りができることが自宅に帰れるか帰れないかのポイントなので、とくにお願いして早い時期から車椅子で階段のところまで連れていってもらって上がり下りの練習をした。当時は司にとってはそれがとてもつらいらしく、よく「ああ、吐きそう」と言ってはサボっていた。私がいるときにはガーグル（口腔を洗浄するときなどの水を口もとで受ける特殊な容器）もってきてあげるからと無理やりに練習してもらったりもした。

トイレでのズボンの上げ下ろしの練習は作業療法・理学療法が合同で行ってくれ、ナースコールを押すと車椅子でトイレに行き、終わったらまたナースコールをして迎えに来てもらうという生活だった。

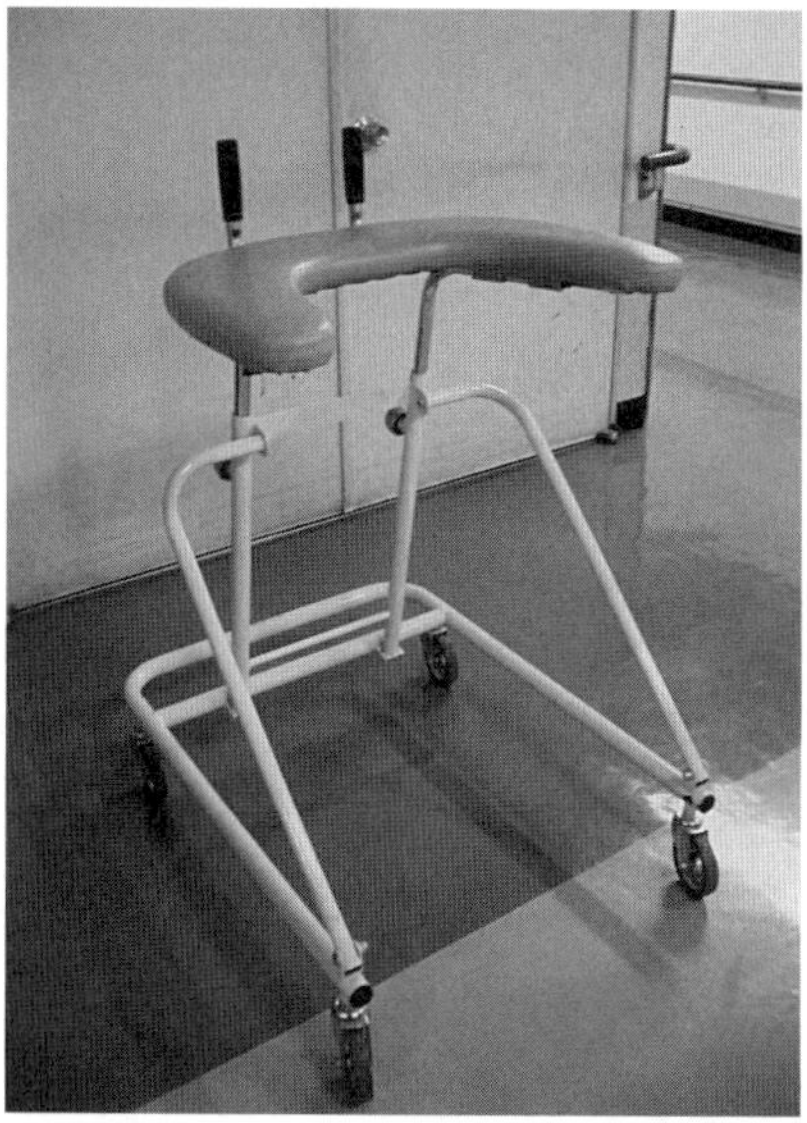

J病院でリハビリに使っていた歩行器

リハビリするより寝ていたい

とにかく一回でも多くリハビリをしてほしいのだが、逆に本人は寝ているほうが楽でいいので、私が付き添っていないと「今日は具合がわるい」と言ってはよくリハビリを断っていた。病院にたどり着いて、リハビリをサボったと知って車椅子でリハビリ室に無理やりに連れて行ったりもした。

療法士は週休二日制をとっているので日曜

のほか適宜な曜日に休む。うっかりすると理学療法、作業療法ともにお休みという日もあった。そういうときには、リハビリ目的で入院しているのになぜなの、互いに調整してもよさそうなのにとあせったりした。二人部屋の隣のベッドに新たな人が入院してみえると、なぜかその人の担当療法士が休みのときには別の先生が代わりに来るのにどうしてうちには来ないの、と内心怒ってみたりもした(今思えば、どうして代わりの療法士が来ないのかきちんと確認すればよかったのだが、何かそれを尋ねるのもはばかられるような雰囲気だった)。

隣のベッドの人は目にみえて回復していく。自発的にリハビリをする、あちらの担当の先生はうちに比べて熱意が感じられる……そして退院して自宅に帰ると聞くと、うちはどうしてリハビリがすすまないのと落ち込んだりもした。

子どもの教育では感じたことのない教育ママ的感情に支配されていき、目にみえて回復していく人が眩しかった。

このリハビリ病棟には結局のところ一〇月半ばまでいることになった。そして私はほとんどその半数の日々を泊まりがけで看病した。そのときは長女と同居していたが、勤務が忙しいため夕方に犬の散歩もできないしごはんもあげられない。そのあいだずっと隣の宇都宮さんが犬の散歩とごはんを一手にひきうけてくださり、どんなに助かったことか。家に帰ったときには私までごはんやらおかずを頂戴した。何回もお見舞いにもきてくださった。なんとお礼を言ったらいいか、感謝、感謝だ。

司はこの入院期間中に、三段階にわけて回復していった。

一段階目　抗うつ薬（トフラニール）の服用開始
二段階目　半がゆから普通のごはんにしたとき（たまたま宇都宮さんがまぜ寿しを作って病院に持たせてくれ、それを食べても異常がなかったので、八分がゆから普通食に変えてもらった）
三段階目　理学療法士が代わったとき
リハビリ病棟での日々については次の章で詳しく記すことにする。

第6章■急性期リハビリ病棟での四カ月

「俺はうつ病だ」

リハビリ病棟に移ったばかりのころは、日中でも深く眠っていることがあった。風呂は週に二回と決められていて、重症なのでストレッチャーで風呂場まで行き寝た状態でお湯につかり、体や髪を洗ってもらって着替えて戻ってくる。当時は入浴が体に負担らしく風呂上りに水を飲んでむせて吐いたり、前ぶれもなしで本当によく吐いたものだ。

「小脳出血の人はよく吐きますよ」と鹿教湯《かけゆ》病院のIさんに教えてもらったことはすでに記したが、つい最近ご近所の方から他の手術のあとでも「一年くらいは気持ちが悪かったり、吐いたりしたわ」と言われてそういうものかと改めて思った。彼女いわく内臓が元に戻るために体の調子が悪くなるのだそう。手術経験八回というベテランさんのお言葉だった。

あるときなど、ヘルパーさんが「いくらお声をかけても目をさまされなかったです」と驚いていた。

風呂に入れてもらっても目をさまさないほどによく眠っていたことがあった。こんなことは一回だけだったが、ほうっておけばいくらでも横になって、うとうとしていた。夜でも日中でも、とにかく寝ていたいということが長く続いていて、いかに寝かせないで起きていてもらうか、これがいちばんの苦労だった。三年たったころでもまだ日中疲れたと言って、ほうっておくと寝てしまうことが多かった。なかなかリハビリが進まずにあせっていた私に、「活動性を高めるためにはとにかく日中は起きているように」というのが友人でリハビリ専門医でもあるIさんのアドバイスだった。

付き添っている間はなんとか起きていてもらおうと、車椅子で朝、夕よく中庭をぬけて隣の教会の庭のイエス様のところまで散歩したものだった。この病棟に着いてまもなくのころ、六月のある朝いくら話しかけても何の反応もないので「おはようくらい言ってくれてもいいじゃないの」と思わず声をあらだてたところ、「俺の頭のなかは忙しく、くるくるまわっていて疲れている。俺はうつ病だ」と言うのだ。

たしかにこの反応のなさ、食欲のなさ、いわれてみればうつ病の症状だ。

抗うつ剤と副作用

手持ちの抗うつ剤トフラニールを飲んでもらうと、症状が幾分よくなったように思えた。いつもうなだれていた首のかたむきが少しだけ上向いた。病院での処方薬でなければ定期的に飲んでもらうことができないので、さっそく精神科の受診を依頼したが混んでいて二週間先だという。精神科は急患には対応できないという感じである。やはり精神科専門の病院とは違う。受診までは家族がいるときにだけトフラニール一〇ミリ二錠を飲んでもらうことにした。二週間後に精神科のやさしくて素敵な女の先生から正式にトフラニール一〇ミリ二錠一日三回の処方をしてもらった。司は精神薬理学が専門なので扱いにくい患者だっただろう。

精神科医のほうが「先生、処方はこれでよろしいでしょうか」と患者にいちいちお伺いをたてるような状況だった。司と一緒の研究室にいて今は松本で開業しておられるK先生にも薬のことをたずねてみた。

「トフラニールでもいいが最近出てきたSSRIもいいですよ」と教えられたが、当座はトフラニールでということになった。

脳卒中後遺症には抗うつ薬が効くというのはあとから知ったが、たまたま本人が「うつ病だ」と言ってくれたのが功を奏した。トフラニールを服用しはじめて反応がよくなったことは目にみえたし、いつでもうなだれていた首もいくぶんながら上むきかげんとなった。

トフラニールは副作用で便秘がおきる。とくに飲み始めにこの副作用が強い。漢方薬の下剤と併用していたのだが退院後に便秘がつらいからと新しいタイプの抗うつ薬SNRI（セロトニン・ノルアドレナリン再取り込み阻害薬、ミルナシプラン＝商品名トレドミン）に変えてもらった。こんどはもともと小脳出血で目がまわるうえにこの薬もめまいの副作用があるようで、「目がまわる」とよくこぼしていた。

発病から一年あまりの後、練馬の自宅に戻ってからは、すぐ近くに精神科の病院があり、そこの院長が友人ということもあってそちらを受診することにした。今度はＳＳＲＩ（選択的セロトニン再取り込み阻害薬、パロキセチン＝商品名パキシル）がいいのではとすすめられて、こちらに薬を変えた。今度はめまいの方はそれほどでもないのだが、突然眠気がおそってくるという副作用があるらしく、一年ほどたってから一ヵ月かけて少しずつ薬を減らし、抗うつ薬の服用は中止した。その後、問題もないようだ。服用を中止するときに司の友人でもある医師に「服用を中止してうつが出てきても困るのですが」と言ったら「うつになればまた薬を飲めばいいですから」と楽観的な返事だった。

また朝日新聞連載「患者を生きる」の四四三回「認知症　脳血管性①」の「お父さんの気力がなくなった」という回で、脳幹部に梗塞があり脳全体に血流低下があると意欲の低下がおきて認知症の症状の一つがあらわれるのだと「気力がなくなった人」について報告してあった。もしやうちも脳の血流量が減っているのではと心配をしたが、二〇〇七年夏、久々に日大板橋病院でＭＲＩとＭＲＡ（ＭＲＩを用いた血管の撮影）の検査をしたところ、脳の血流は一年前より改善されているということで安心した。

気づかなかった味覚障害

器もきれいで食事は美味しいはずなのに、なんだかいっこうに食事がすすまない。栄養科の人も、もう少し好みを聞いて手がつけられるようにと聞き取り調査にみえた。和風、とくに里芋の煮付けが好物と言うと、さっそく、その日の夕食には里芋の煮付けが出て対応の速さに驚いた。入院患者一人一人に合わせようという気持ちが伝わってきた。

里芋に手をつけてくれたが、ほかのものは手もつけず、じっとながめているだけだった。食事をすませたことを見届けてから帰ろうと思っていても、いつまでもじっと見ているだけでしびれを切らせて自宅に帰ったこともあった。あとから看護師さんに聞くと少し食べました、あるいはまったく食べずに返しました……などが続いた。

こういうときには看病している者は本当につらくなる。そしてある夕方はめずらしくおかゆ（このころは全粥を食べていた）にたらこが出た。これでおかゆを食べれば美味しいはずと促してみたが「たらこを食べていると壁を食うようだ」と言うではないか。

今まで食欲がなかったのは味がしなかったからだったのだ。ちょうどよくしたもので前日に新聞で味覚障害の記事を読んでいて、早期に耳鼻咽喉科への受診がのぞましく亜鉛剤を飲むと改善されると知ったばかりだった。長いあいだ食欲がなく栄養バランスがくずれ、味覚障害がおきていっそう食欲が低下していたということだったのだ。

また耳鼻科に受診を依頼しても二週間待ちになるだけだとさっそく帰途にスーパーで亜鉛剤を求めた。スーパーにはサプリとして売られていて値段も一ヵ月分で八〇〇円くらいだっただろうか。その後、また別の記事でも味覚障害には市販の亜鉛剤が効くということが紹介されていた。自然界に亜鉛が不足しているので、食品からとりにくいうえに、過度のストレスなどで味覚障害をおこす人が多いともあった。

幸い亜鉛を服用すると、二週間ほどで味覚障害は改善され、しだいに食欲も復活してことなきを得た。

この体験のあとでは、味がしなくて困っている人に「市販の亜鉛剤を飲むといいですよ」と教えてあげて、感謝されたこともあった。

知人は過度のストレスから味覚障害をおこし、さっそく耳鼻科にかかったところ血液中の亜鉛はたりているからと、心療内科の受診をすすめられたという。幸い心配事が解決して自然治癒したらしい。血液中の亜鉛濃度が足りていても障害が出ることもあるらしく、いつまでもほうっておくと治りにくい障害のようだ。前日に新聞記事を読まなかったら困った事態になったかもしれない。

祈りの力とパストラルケア

手術をうけるときにグレイス教会の牧師にお祈りをお願いしたことははじめに記した。たしかに日常の会話のなかでも「お祈りします」という言葉がある。私はカトリックの洗礼をうけていて、信仰をもっているので「祈りの力」を信じている。牧師の重見先生は真摯な方で、合唱団の指揮者を務めておられる。その先生が日本福音宣教会という母教会の万代恒雄先生が脳梗塞に見舞われた経験をもとに作成されたという「脳卒中の方のための祈りのテープ」というものをわざわざ取り寄せて、耳元でかけて一緒にお祈りしてくださいとプレゼントしてくださった。

万代先生の体験をもとに聖書の話を織り込んだ、信仰をもっている者には実にありがたいものだった。日大板橋病院に脱水症状で再入院しているときにいただき、そのあとは日課で毎日司の耳もとで持ち込んだテープレコーダーをまわしていた。

そのお祈りテープには「ご一緒にアーメン」と言いましょうというところがあり、司も「アーメン」と唱えたり、あるとき娘が見舞いに来て車椅子で外へ散歩に連れ出そうとしたら外でもテープを聴きたいと言い、あわててカセットテープレコーダー用の電池を買いに行ったということもあった。

信仰をもたない司である。

「あのときのパパはやっぱり夢のなかだったんだ。アーメンなんて言うのはおかしいと思った」後日、娘はこう感想を述べていた。

カトリックのミサの典礼のなかにも「信仰の神秘、主の死を思い復活を信じよう」というところがある。祈れば必ず不治の病がなおるということではないだろうが、その神秘に時にはすべてをゆだねてみることも必要なのではないだろうか。

このJ病院はカトリック病院で「パストラルケア」を希望者にはしてもらえることになっている。信仰をもたない司のところへも担当のシスターが入院中はほぼ毎日訪ねて来てくださった。病院や修道院の庭に咲く花を小瓶に挿して持って来てくださることもある。特別にキリスト教の話をするわけではなく、なんとなく病室を訪ねてちょっとした世間話をして帰っていかれる。私がいるときでも同様で、押し付けがましいところはまったくない。

「パストラルケア」というのはキリスト教の教えにもとづき病人に全人間的にかかわり、人間のスピリチュアルな苦痛を和らげることをめざしていて、これにかかわる人は特別の訓練をうけている。キリスト教国ではパストラルケアワーカーが病院で数多く活躍しているというが日本ではこのケアをしてもらえる病院は非常に限られている。

内科病棟のときの担当のシスターは部屋にかけてあるエスペラントの創始者のザメンホフの写真を見て、「小学校のときの教科書に載っていました。私もどんな言葉なのか知りたかった」と、メモ帳に「こんにちは　ボーナンターゴン」「さようなら　ジス　レビード」と記して一生懸命に覚えて、道で会っても「ええーと、ボーナン　あ　なんでしたっけ」などと声をかけてくださった。患者がいちばん喜ぶ言葉で声かけをしてもらえてありがたかった。

そして週に三回、朝六時三〇分ごろ神父さまとシスターが病室をまわってきて信者にご聖体を授けてくださる。ご聖体は洗礼を受けたものしか拝領できないので、司は神父さまから祝福をいただいた。祝福というのは額に手をあてて「小林司さんの病がいやされますように」といった言葉のあとに「アーメン」と唱えていただく聖体拝領にかわる未信者への宗教儀式である。

このパストラルケアは信者だったらこれ以上望むことのない喜びだが、司にとってはどうだったのだろうか。看護している私の慰めになったことだけは確かだった。

猫の登場

司の発病の前から台所にねずみが出没、流しの下にしまっておいた食料が大量にねずみの被害にあい、被害総額は数千円にものぼり頭を悩ませていた。司は猫を飼おうと言い出した。犬は一七年生きてくれた一代目ポンピに続き、二代目ポンピはいたずらざかりの二歳児でこのうえ猫も……と私は積極的にはならなかった。

司はどうしても猫が飼いたかったのだろう。

日大病院での手術直後にごはんを自分の足のほうへもっていくのだ。どうしたのと聞くと「ほら、そこの白い猫にごはんあげているの」と言う。血栓予防のために履いている白いストッキングが猫に見えたのだ。司が小学生のころ金沢に住んでいて子猫を飼っていたのだが、寒さで朝起きたら死んでいたという話を聞いたことがある。よほどのトラウマになっていたようだ。

六月も始まったばかりのころ、末娘が仕事で岡山に行ったおりに、海岸に子猫の捨て猫が二匹あり見かねて拾った。はじめ「保健所はちょっと先」と言われてそこまで届けるつもりだったようなのだが、そのちょっと先というのが車で四〇分もかかるというのであきらめたのだそうだ。めったに自分から電話をかけてくることもないのに、「ねえ、猫飼ってもいい?」と聞いてきた。

そのときは、私の実家にお留守番がてら住んでくださっているGさんのところに、急な都合で娘も転がりこんでいるという状況だった。

「Gさんがいいのならいいんじゃない」と答えると、さっそくGさんにも了解を得たとかで手のひらにのるほどに小さい子猫を持ち帰って来た。岡山の水島と児島の見える海岸に捨てられていたのでと名前は水島と児島、男の子と女の子のペアかと思っていたら二匹とも女の子だとあとになってわかった。

看護師さんに聞くと「病室に入れなければ猫を連れてきてもいいです」ということで、さっそく猫連れで娘はパパのところへ日参してくれた。車椅子で猫二匹を抱いた写真は表情もいい（と当時は思ったが、今その写真を見ると夢のなかにいるような表情をしている）。まさにペット療法だ。司は昔飼っていた猫の名前をつけたいと水島ペコ、児島ペケにするのだと言ったが、どちらが水島でどちらが児島なのか、ペケだかペコだかもう混乱、結局定着せず、黒いほうがミーちゃん、痩せているほうがコジちゃんと覚えるので精一杯だった。

病室の出窓の下にダンボールで箱をつくりそのなかに入れて病室の窓から様子を見られるようにしていた。ある日の帰り、猫バッグからミーちゃんが転落、なんと鼻血を出したとかで病院に駆け込んだそうだ。レントゲンの結果骨折もなしで安心したのもつかのま、家に帰ると、今までいつでも二匹一緒だったのに生まれて初めて一人（？）になったコジちゃんは不安のあまり嘔吐、娘は急に二児の母のような忙しさだったようだ。

私たちが練馬の家に帰る少し前に末娘はマンションに引越し、猫たちは今は私たちになくてはならない存在となった。Gさんも猫がいない生活はできないと、その前から手配しておいて、私たちの引越しの日にあわせてブリーダーさんから可愛らしい猫ちゃんを譲り受けてみえた。海辺に捨てられていた子猫たち、とくに鼻血を出したミーちゃんは食が細くて育たないかもとさえ言われていたのに今はむっくり、少々肥満気味なくらいよく育ってくれた。

娘が大枚をはたいて購入したキャットツリー（猫の遊び道具）も偶然岡山県産で、岡山が第二の故郷《ふるさと》のような気持ちだ。水島、児島とこの地名がニュースで流れるだけで胸がジーンとしてしまう。二匹がぴったり寄り添って寝ている姿を見るといつも「よくこの家に来てくれたね」とつい抱きしめてしまう。

これから一緒に暮らすことになる犬とは、猫が小さいときから会わせておいたほうがいいのだと、娘は猫バッグに猫二匹を入れて犬のポンピとの対面に練馬の家に出向いたところ、いきなり猫がポンピの鼻に猫パンチ、興奮したポンピは猫バッグに食いついてチャックを壊すという事態だった。その後の共存生活をかなり心配したが、幸いにもときにじゃれあいながら平和に暮らしている。

療養型病棟のある病院探し

J病院のリハビリ病棟は急性期リハビリなので三ヵ月後には療養型に転院しなければいけない。これはこの病棟に移ってすぐに言われたことだ。医療のシステムならいたしかたのないことと相談室のケースワーカーの方とも相談しつつ、いくつかの病院を下見に行くことにした。

まずはかつてわが家の前に住んでおられた方が入院していてすごくいい病院だとおっしゃっていたことを思い出して、清瀬の救世軍病院に行ってみることにした。「個室ならばいつでもおいでください。空いています。でも今J病院にいらっしゃるのなら関連のベトレヘムの園病院も近くにありますから行ってご覧になってはいかがですか」と親切なアドバイスだった。

救世軍病院の向かいには近代的な東京病院も建っていた。ここも念のために聞いてみると「脳卒中の場合は発症から三ヵ月までしか受け入れない。場合によっては入院できることもあるが、医師の判断による。医師に面会するのは有料で五〇〇〇円が必要」との返事だった。広大な敷地、立派な建物、リハビリでも有名な病院だったが、転院はむずかしそうな感じがしたのであきらめることにした。

そこからまたバスに乗って今度はベトレヘムの園病院に行った。二階建ての瀟洒な建物がバラの咲きほこる芝生を囲むように建っている。静かだ。「こちらでは急な病変に対応できる科が限られています。それでもよければ検討してみてください」とここのケースワーカーは言った。もともと療養型というのは積極的な治療よりは滞在が目的のような意味あいが大きい。

どこも一長一短という感じで重い足をひきずり、またJ病院の相談室に戻った。「ベトレヘムの園は順番待ちの人数が多いことを知っていたのでおすすめしなかった」とのことだった。あとはホスピス（緩和ケア）で有名な小金井市の桜町病院がはじめて療養型の病棟を作ったので穴場だからといわれて申し込みをしてもらうことにした。こういう病院の転院は個人で手続きをするのではなく、相談室を通して申し込むことになっている。このほか杉並の救世軍ブース記念病院の療養型病棟にも申し込みをしてもらうことにした。

また清瀬の信愛病院も毎週音楽礼拝があっていいとも聞いたが、こちらも申し込んでも二年待ちとか。まるで大学入試の願書のようで、受からないかもしれないからとあちこち受験するのにも似ている。

鹿教湯病院へ下見に

六月二三日、次女に病院の見舞いを頼んで、末娘と長野県上田市にある鹿教湯《かけゆ》病院へ下見に行った。ここはなにかと相談にのってもらっていたIさんが副院長だし、昔から脳卒中リハビリテーション病院として有名で実績もあるし、私としてはおおいに乗り気だった。またこのころになると味覚障害も改善されてきた。

「パパ、とても調子よさそうで、よく話し、ごはんもペロリと一杯たいらげました。お昼のあとMちゃんに電話して『早く出てこいって言えよ』だって！　ママどこに行ったか知ってる、って聞いたら『長野に俺の行くとこ見にいった』って言ってました。午後はリハビリだねと言ったらいやそうな顔してましたよ」と次女がパパの様子を携帯メールで知らせてきた。

鹿教湯に行けば、看病は私ひとりになるし、見舞いに行くには遠すぎると娘たちはあまり気乗りがしない様子だったが、とにかく「ママがいいなら」と言ってくれていた。あらかじめ電話とメールで打ち合わせて、午後に訪問して病院の入院受付係の方にもひきあわせてくださるという手はずだった。

行きは新幹線で軽井沢まで行き、娘のショッピングに少々お付き合い。そのあと、しなの鉄道で大屋まで行きそこから日に二本しか出ていないバスで鹿教湯に向かった。ひなびた温泉街で自然は豊か。

こういうところならのんびりできそうだと前向きな気持ちになる。

約束の時刻には間があり、公衆浴場で思わず入浴。タオル二〇〇円、入浴料三〇〇円だから二人で一〇〇〇円、それから喫茶店でお茶。ひさびさに、なにか物見遊山気分を味わう。約束の時刻に病院に行き、病棟を見せていただく。リハビリ室も立派でパソコンが何台もおいてあった。患者さんがリハビリでパソコンをするそうで、入院期間中に自伝を書き上げてしまう人もいるとか。夕食どきでお年寄りの方がオープンスペースに集まって食事をされようとしていた。みな洋服を汚さないようにとビニールのエプロンをしていて、付き添い家族の姿はなかった。長期入院の人が多いのかコインランドリー、売店も完備していた。

床も木で、建物も新しく優しい感じがした。最上階が展望風呂で一人で入れる人は自由にいつでも入れるそうだ。温泉好きにはこたえられないが司の場合は介助者なしでは無理なので週に二回だろうけれど。ここにはMRI、CTもあるし、各科の医師もいるし、さらに「必要なときには信州大学病院のある松本までも救急搬送すれば二〇分ほどですから安心です」との説明もあった。

Iさんは急患が出たので待ってほしいということで、見学のあとは病院の待合室で待っていた。親切にも先ほどの入院係の方が飴まで持って「お待たせしてすみません」とわざわざご挨拶くださった。

「お風呂は和式がいちばんです」

七時三〇分に仕事が終わったIさんに、車で上田駅近くの愛用のイタリアレストランにご案内いただいた。そこで発病以来はじめて直接に相談に乗ってもらえた。

「このまま転院しても療養型だと週に三回しかリハビリがないから、それなら自宅に帰ったほうがいい。老健（介護老人保健施設）もリハビリ面では期待できない。鹿教湯病院では特別に三週間集中リハビリコースがあるのでこれがおすすめ。ただし病室での付き添いはできないので近くの旅館で泊まるように。ある程度自立していただかないと……。また自宅改修もいつでも相談に乗ります」とのお言葉だった。

改修プランの一つでトイレとお風呂がひとつになっているのを見せたら、「これはダメ、お風呂は和式がいちばんです」と。Iさんはご両親と一緒に暮らすために使いやすいようにご自分で設計をされた家に住んでおられるそうだ。

最終新幹線で東京に戻り、西荻窪の実家に泊まった。この翌日に三女は無事男児を出産。パパのお宮参りに着たすばらしい晴れ着が何年ぶりかで世に出ることになった。司の母親の実家が特別に絵師に描かせたという向かい鶴と松竹梅の立派なものだ。

鹿教湯病院に書類を送ると、七月になってから、九月半ばからの入院をひきうけますという葉書が届いた。近くには一泊五〇〇〇円程度の朝食付きの温泉宿もあるので私はそこに泊まる覚悟だった。

九月半ばから三週間ここでリハビリして、現在空き家でお留守番のGさんとそこに転がり込んでいる末娘のいる実家でしばらく過ごし、自宅改修に取り掛かろうという心積もりだった。そのころには階段の上り下りができるようになるかもわかるだろうと考えた。自宅の階段につけるエスカレーターもあるからと工務店からの親切なアドバイスもあった。

変わる医療制度

二〇〇六年に医療制度改革があり、三五万床ある療養型ベッドを六年間で一五万床に減らそうというものだ。今までは療養型入院患者に一人一律四九万円医療組合が支払っていたものが三六万円に減額されることになった。そこで療養型ベッドを持っている病院は経済的観点からそこを閉鎖する傾向が出てきた。つまりは高齢者医療費の削減が狙いなのだ。また、複雑な話だが、介護保険が適用される介護型療養病棟というものもあり、それがおよそ一二万床で、これは二〇一二年までに全廃の方針だそうだ。

医療費の抑制のために療養型病棟をなるべく減らし、介護施設へとシフトする体制に移行しようという方針なのだ。ところが受け皿となる介護施設は、病院並みに医療を行うことはできない。医師、看護師の配置人数も違うし、定員は一杯で、待ち人数が多く、そう簡単に病院の療養型ベッドからの患者を受け入れる状況ではないのが現実で、現在の大きな課題となっている。また在宅での療養に切り替えたとしても、ヘルパー、訪問看護師、往診の医師の態勢がよほど整わない限り家族にも患者にも不安が残る。

そのなかでJ病院の療養型病棟も二〇〇六年になくなりリハビリ病棟となった。二〇〇八年二月にはまた新たに療養型病棟の受け皿として医療を重視した新型老人介護施設の設置も決められた。日中しか医師が常駐しないということに不安を感じて、この施設に転換する医療機関は少ないとも報じられている（二〇〇八年一二月一一日朝日新聞）。

小泉内閣が二〇〇六年に打ち出した「聖域なき構造改革」は社会保障費を年間二二〇〇億円抑制するという政策だったが、生活保護費の削減、医療費とくに高齢者医療の削減など弱者直撃の施策は現場の疲弊をまねき、不満の声が高まってきた。そのなかで二〇〇九年六月に、すったもんだの末に、ようやく小泉構造改革路線が修正され、社会保障費の抑制は行わないという決定がされた。

しかし、すでに医療の現場からも介護の現場からも悲鳴が上がっている。地方では医師不足とあいまって病院の閉鎖も報じられていて、まさに医療制度崩壊寸前という感である。

どこを削減するか、どうすれば安あがりになるのか、効率化ばかりが論じられてきて、肝心の患者や家族のことなどおかまいなし。それに高齢者はまさに「ババ抜き」のように、「医療から介護へ」「介護から医療へ」と翻弄されつづけている。本当に温かい医療、安心の社会保障制度の構築をねがってやまない。

若きフルーティスト・なみちゃんとの出会い

六月一九日（土曜日）の午後にJ病院の隣にある特別養護老人ホームのBホールでボランティアコンサートが開催された。前回は現代風のピアノ演奏であまりお気にめさなかったようだが今回はコーラス、独唱、バイオリン演奏、フルート演奏、手話コーラスとプログラムは多彩だった。どの演奏も最高のプロが奏でるというわけではないけれど、聞いている人に心から楽しんでもらおうという気持ちが伝わってきたよいコンサートだった。とくに司はフルートの演奏が大好きでランパルや工藤重典、山形由美などのコンサートにも足を運んでいる。ひとときは末娘と一緒にフルートを先生について習ったりしたこともある。

その日の演奏は有名なフルート曲の「アルルの女」だった。司は頭の回線がいつもつながっていないような感じだったのだがその曲が始まったとたんに回線がつながったような表情になった。これはフルートの演奏が脳に何か働きかけるに違いないと確信した。

この病院近くに武蔵野音楽大学がある。そうだ、そこのフルート科の学生さんにアルバイトで病室まで来て出前演奏をしてもらおうと決めた。

月曜日を待って学生課に電話で希望を伝えると張り紙をしてあげましょうとのこと。二、三日おいて携帯になみちゃんから電話があり病室出前演奏のアルバイトは成立した。ただし病室ではむずかしいので、庭に出て東屋のところか裏の老人ホームの椅子に腰掛けての演奏で、都合のいいときに週に一度ほどお願いした。

なみちゃんは本当に気立てのやさしいお嬢さんで、いやがることなく、「アルルの女」「荒城の月」などの懐かしい歌からモーツアルトまで演奏してくれた。

「『アルルの女』は僕も吹きたいから楽譜買ってきて」と頼んだり、司もけっこう積極的だった。実際には退院後に楽譜を見て練習してみたところどうにもならなかったが、その気持ちが大事と思う。

発表会でなみちゃんとフルートを吹く

彼女はフルートの四人組で「シエスタ」というグループ活動をしているとも教えてくれた。ときにはメンバーの都合がついたと二人でデュエットもしてくれたが「私たちも人前での演奏は勉強になるから」と料金は一人分でいいですと気前もいい。東屋の演奏のときには二階の病棟の方から拍手があったり、わざわざ庭に出てみえる方もあった。たまたま見舞いに来てくれた宇都宮さんご一家も一緒に聴いてくださったこともあった。

とにかく、楽しみの少ない病棟ではちょっとしたイベントでもあった。

退院近くに、日曜日にならリハビリルームを使ってもいいという許可をもらってなみちゃんのグループ「シエスタ」のきれいなお嬢様が四人、そろいの色違いのドレスに身を包んでのミニコンサートも開いた。リハビリ病棟のほかの患者さんにも楽しんでもらいたかったがポスターなどは貼ってもらっては困る、あくまでも自主的に聴きたい人が集まるという形でと言われた。日曜日は看護態勢が手薄なので移動などの介助はできないということのようだった。隣の病室のいつでもほとんど寝たきりでお話もむずかしそうな方が、たまたまお見舞いにいらしていたお嬢様と聴いてくださり、ご不自由な手を車椅子にばたばたとぶつけて拍手してくださったのが印象的だった。

このときも「皆様に聴いていただけたのだからお礼は一人分で十分です」となんと謙虚なお嬢様たちと感心してしまった。この演奏会の模様は映像作家でもある末娘がビデオに納めて、後日パパが娘とパソコンで編集してそれぞれにさしあげた。パソコンでしか見られないけれど学生時代の記念になったかと思う。

その後、退院してからは実家で司はプープーとフルートの音出しから始め、やっとなんとかなるかなと思ったところで二〇〇六年の九月に再発して左手が不自由になった。フルートを持つのもやっとだったけれど、司もなみちゃんもめげずにがんばって、とにかくフルートを持って音出しにはげんでいる。素人の私は音を出すだけでもむずかしい。音出しと、指を動かすのは最高のリハビリになっているようだ。大学四年生だったなみちゃんは現在プロで、あちこち演奏活動で忙しいのに、司のためによくレッスンに通ってくださるといつも感謝している。

再発でフルートの練習は振り出しに戻ったけれど、エスペラントの大会で「千の風になって」が吹きたいとがんばって、はじめは音が出るだけだったが本番近くにはとにかくメロディらしく聞こえるところまで上達した。やはり目標があると違う。

車椅子タクシーに挑戦

転院以外で外へ出たことがなかったが、三女が無事出産したのでぜひ祝いに行きたいと司は言う。初めて外出願いを出して、六月下旬に車椅子タクシーを利用して三女宅に行くことにした。たまたま病院に来ている車椅子タクシーを見かけて、利用方法を聞いた。電話であらかじめ予約しておくこと。料金はタクシーと同じで会員登録すると次回からは一割引になる。また障害者手帳を持っていれば一割引になるそうだ。

病棟から車椅子に乗りそのままリフトで座席に座れるようになっている。乗り心地のほうは普通の座席のほうがよさそうなのだがそんなことはいっていられない。西荻窪駅で末娘を乗せ、吉祥寺の三女宅に行く。なんとか肩を貸して赤ちゃんの寝ている部屋まで行きベッドに寝ながら赤ちゃんを抱く。四番目の孫だ。折り返し病院に戻り水を飲んで嘔吐。やはり疲れると吐きやすくなる。病棟のみなさんからも「お孫さんかわいかったでしょう」と祝福してもらった。

このころ、愛犬のポンピはなにか元気がない。暑さのせいばかりではなさそう。おなかを出してひっくり返ってしまってあわてて病院に連れていったが、ノイローゼでしょうとそのまま帰された。私のトフラニールを一錠あげておいたが、さみしいのだろう。パパにもずっと会っていないし。ということでポンちゃんのお見舞いもかねて、七月二〇日、発病からほぼ三ヵ月ぶりに自宅に帰ってみた。玄関から二階へ行く階段は両側に本が積みあげられていて上るのはむずかしいので、裏庭からパソコンルームへ入る、という心積もりだった。わが家はやっかいな構造で、土地を買い足したり、建て増したりしたものだから、玄関から入れないとなるとぐるっと車で遠回りしなければならない。犬と対面のあと、裏へ車椅子タクシーでまわり、そこで待っていてもらってちょっとパソコンの前に座ってみたり、ベッドで横になったりした。司がへそくりを隠している場所をしっかり覚えていたのには驚いた。またこの部屋で時をすごせるようにどうしても工夫しなければと私は決意した。お隣の宇都宮さんご夫妻にも手伝っていただいて助かった。裏庭は車椅子ではがたがたして押しにくい。司が「俺歩くわ」と立ち上がり、塀を伝って歩いてくれて感激した。

このあとも車椅子タクシーで練馬区美術館に宇都宮さんの絵の展覧会にも行った。慣れてきてからは病院から普通のタクシーで中野駅まで出て電車で西荻窪まで行ってみたり、四谷に出てホテルオークラの美術展にも出かけた。往路はタクシーと電車で、帰りは疲れているので全部タクシーでということが多かったが、とにかく次第に車椅子での外出もできるようになった。タクシー利用では車椅子を縛る紐がないと乗車拒否されたり、車椅子がトランクに入らないと断られたりもしたが、めげずに少しずつ出かけるようにした。退院が決まってからはまずは西荻窪の末娘のところへ訪問、次は外泊と行動範囲を広げていった。

車椅子・ベッドからたびたび転落

ベッドからの転落は日大板橋病院での再入院中にもあった。J病院のリハビリ病棟では、食事に手のかかる患者さんたちはまとめてデイルームと呼ばれているテレビのある談話室で看護師さんや介護スタッフが世話をしてくれる。むせもあるので私が泊まっているときには私があれこれ世話をやいて食後の薬を飲んでもらう。私のいないときには車椅子でデイルームに行きそこで皆さんと食事をする。食事がすんだあと、どうも看護師さんたちの目を盗んで勝手に部屋に戻り、ベッドへ移ろうとして転落したようだった。さっそく病院から「目が行き届かず申し訳ありません」と電話があった。そのあとからは実にしばしば車椅子から転落する、トイレではナースコールをせずに立ちあがり転ぶ、ベッドから落ちる、と最大マークされる患者となった。

ベッドから落ちないように、柵が抜けないような特別の仕掛けになっていたけれど、柵を乗り越えたり、その仕掛けをはずして柵を抜いたりした。車椅子から落ちないようにと安全ベルトで固定していたが、その安全ベルトも後ろに手を回してはずし、ベッドに乗り移ろうとしてまたまた転んだ。

幸い骨折は一度もなく、擦り傷程度ですんでいた。ところが退院間際に夜中にトイレに行き、一人でベッドに戻ろうとして額にかなりの怪我をしてしまった。病室には杖も車椅子もおかず、夜はナースコールで看護師さんを呼んでトイレに連れていってもらってまた呼んでベッドに戻してもらっていたのだが、一人でベッドに戻ろうとして洗面台に額をぶつけてしまったようだ。ものすごい物音で看護師さんが飛んできたら、あたりは血だらけでかなり仰天されたようで、当直医が呼ばれて応急処置で傷口を三針ほど縫ったそうだ。

朝、電話をもらい駆けつけたときには、頭に包帯を巻きそこから少し血がにじんでいて、まさにグラナダテレビでジェレミー・ブレットが「高名の依頼人」で演じたホームズと同じ様子だった。その怪我の傷の手当があるので退院にむけての練習外泊も延期になってしまった。看護師さんが傷口の手当に見えて、「私は救急外来にいたから傷の手当は得意中の得意。テーピングしなおしてあげるからこれで傷口はよくなるわ」と、心強い発言にほっとする。外泊が延びてもいいが退院は延びては困るので、最後はもうほとんど泊まりっきりでの看病だった。

「一度落ちただけでも骨折して大変なことになる人もいるなかで、あれだけ落ちても骨折しないとは強運の人」と退院時には介護のスタッフから言われてしまった。

動作法の開始

子育てもひと段落したと、駒沢女子大学大学院の修士課程で臨床心理学を勉強していた優子さんが、元九州大学教授の成瀬悟策先生が開発した「動作法」というリラクゼーションの方法があると教えてくれた。その創始者の直弟子の先生が彼女の大学院におられる。動作法を五回実施したら脳梗塞で立てなかった人が立てるようになったそうだから、試してみないかということだった。一度その直弟子の先生にみてもらい、次からは孫弟子がアルバイトで通ってもいいと言っているという。

まずはこの成瀬先生の著書を読んでみようと思った。講談社ブルーバックスから『姿勢のふしぎ』が出ている。このブルーバックスの編集部の高月さんとは、司の本の担当もしてくださった関係で非常に親しくしている。さっそくにお願いして送っていただいた。九州地方ではこの動作法がさかんで、

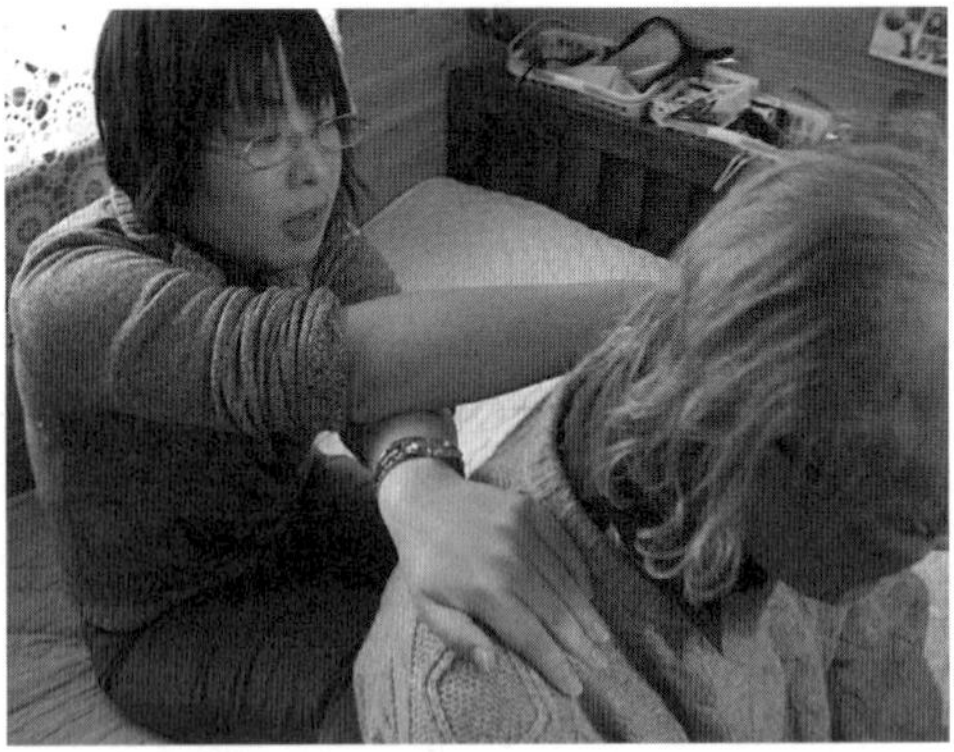

成瀬悟策先生開発の「動作法」を受ける

理学療法にも積極的に取り入れているけれど、なぜかほかの地方には広まらないとあった。重度の身体障害で体がまったく動かないと思っていた子どもが、よく眠っているときに知らずに体を動かしていることがある。その原理を探って子どもたちへの治療も合宿で行っているともあった。

せっかく教えてもらったことだしとお願いしてみることにした。少しずつは改善しているように思えるものの、リハビリはいっこうに進まずいつでも平行棒のなか、本人はリハビリよりは寝ていたい。リハビリなど科学的でないとかなんとか理屈もつけている。

たしかにリハビリといえば足に錘《おもり》をつけて「一〇回、はいいち、に、さん……」「平行棒につかまって歩きましょう」の繰り返しで、何の変化もなければそう思うのもいたしかたないとも思えた。ここで新しいことを始めてみるのもいいだろう。

講談社の高月さんからも、「成瀬先生はこの道の権威者ですからぜひリハビリがんばってください」という励ましのメールをいただいた。

教育ママが学校の授業だけではものたりずに、やれ塾だ、家庭教師だと勝手に見つけてきては子どもにあてがうのにも似た心境だった。いい学校に入れるためなら経済状況も度外視する教育ママのようなものだ。

幸い八月はじめに個室に移ったこともあり、直弟子の先生に来てもらったりするにも都合がいい。八月下旬の土曜日に優子さんが直弟子先生と今後来てくださるという大学院の研究生のSさんを案内してきてくれた。

直弟子先生いわく「歩くというのは立っているだけではだめで自分の意志で体を操るようにならないといけない。これから、脳出血のために失ったその能力を再構築しましょう」と。

そして「ここの力を抜いてみて……」などあれこれされていた。

そのあとから毎週一度そのまたお弟子さんが通ってきた。システマティックなので初めのうちは司も気にいっていたが、リハビリにはもともと乗り気にはならないようで、そのうちに嫌がるようになったが今でも続けている。

安堵もつかのま……

五月の下旬にこの病棟についたとたんに入院期間は三ヵ月と言われていたにもかかわらず、八月のはじめにリハビリが終わったときに理学療法士から「あと三ヵ月この病棟にいられますけどどうしますか」と言われた。狐につままれたようだがこのままここの病棟にいられるのならそれに越したことはない。鹿教湯病院はリハビリの質はいいだろうがとにかく遠い。さっそくによろしくお願いしますと答えた。すでに転院の許可がおりている鹿教湯病院に断りの連絡をいれた。八月一〇日にはやっと個室に移れることになっているし、一一月まで病院にいればかなりの改善もみられるだろうと安堵した。

しかしその安堵は長くは続かなかった。九月三日朝、突然「今お時間ありますか？」と理学療法士に言われた。「三階の療養病棟の個室が空いたのでそこへ移ってはどうか。療養病棟の個室はめったに空かない。療養病棟で十分リハビリしてから退院してはどうか。この病棟は三ヵ月しかいられないので移らないのなら退院してほしい。」と言うではないか。「このあいだの延期の話はどういうことなの？」とたずねたらあれは間違いだったと言う。話の途中で看護師長も加わってきた。本来一緒にお話しするべきだったとか言っていた。

患者にとってきわめて大切な入院期間の知らせが「間違いだった！」でいいのか。

とりあえず病室を見にいったが、現在の明るい個室に比べると、なんとなく気がめいる雰囲気だった。本人は仕方ないから移ると言っている。移るのなら週明けには移ってほしいと言う。とにかく週明けまで考えさせてほしいと言ってその場を引き取った。

そして、その週末は九月第一週で例年八ヶ岳のエスペラント館での会合を予定していた。気候もよいときだし、外泊で出かけてみようと計画していて、一人では心配なので長女も同行してくれることになり、本人も楽しみにしていた。ところが高度八五〇メートルのところへ行くのはどうかと思うという強い制止が入り、結局は私と長女だけが参加することになってしまった。

このことも鹿教湯病院のIさんに電話で相談すると「その高度が問題なら鹿教湯病院は閉鎖しなくては。うちの高度もそのくらいですよ」と言っていた。

病棟を変わるかどうするか？　という問題と、生きている生命の質を大切にしたいのに八ヶ岳に行くなという制止とに大きく落ち込み、私自身がうつ状態になってしまった。とにかく八ヶ岳の会合では予定の発表をこなし、その日のうちに長女を残して西荻窪の家に戻った。

考えても、考えてもどうも病棟の移動には納得がいかない。再度電話をして看護師長に面談を求めた。その時点で、この病棟にいられないのなら退院すると心に決めた。

その面談のときには、回診などにまったくといってもいいほど来ない主治医、病棟の理学療法の主任、担当の看護師であるシスターKも同席していた。再度、医師も看護師長もしきりに療養病棟への移動を強くすすめる。「どうして？　なぜ？」不信感だけが押し寄せてくる。

「この病棟にいられないのなら退院することにする。間違った情報を伝えた理学療法の担当を代えてほしい」という申し出をした。

あっさり理学療法士は病棟の責任者K先生にかわることになった。

「退院は介護保険での準備をゆっくり整えてからにしてください」ということで九月いっぱいに退院してほしいという話は遠のき、準備が整い次第でいいということになった。

一〇月一〇日で発症から六ヵ月、退院にはちょうどいい潮時かとも思えた。

第7章■在宅療養生活に向けて

在宅介護の準備

退院して在宅での療養となるとそれなりの準備が必要になる。さっそく、すでに決めていたケアマネージャーに事情を説明すると「一週間もあれば準備はできます」と言ってくれてひと安心。まずは西荻窪の実家の玄関、トイレ、風呂場に手すりなどをつけなければいけない。ここは仮住まいなので介護保険の利用はせず全額私費での対応にしなければならない。ここは住民票を移して居宅としていたわけではない。介護保険での住宅改修は居宅でないと適用されないのだ。介護保険の認定は要介護三ですでに下りていた。

手すりの工事などは練馬区のＮＰＯ団体「シニアふれあい練馬」にお願いすることにした。仕事も値段も良心的だと評判がいい団体だ。見積もりにきてくださった方が「介護保険ならこの値段の一〇分の一で済むのに」と気の毒がってくれた。

「六ヵ月くらいしか利用しないから簡単につけておいてください」と言ったら、「うちでは一年二年でこわれるような仕事はしていません」ときっぱり言われてしまい、しっかりした手すりを必要な場所に取り付けてもらった。

すぐに練馬の家を改修して帰れるわけではないし、マンションやアパートで仮住まいをすれば敷金やら礼金やら家賃もかかるので、そのくらいの出費は我慢せねばならない。

この家にはベッドがないので退院したら介護保険で電動式のベッドを借りる心積もりでいた。ところが、入院中は介護保険の利用は一切できないので、退院の日の午前中にすべて入用な品を搬入するという段取りになるのだと教えられた。

外泊練習用のベッドは在宅支援センターのものを貸し出しますと、ケアマネさん自らがトラックに載せて運んできてくれるという親切ぶりだった。ほかに入浴用の椅子も支援センターのものを貸してもらうことにした。支援センターのものの貸し出し費用はいらない。センターには緊急用に、車椅子、杖、入浴補助具などが用意されていて大いに助かった。

退院後は介護保険で電動ベッド、車椅子、ウォーカー（歩行器）を借りることにした。ケアマネさんはすべての手配は一週間もあれば十分と言ってくれたが、ほかに準備もあるので退院は一〇月一八日と定めた。外泊で出席するつもりだったが、思いがけず退院後に参加することになった横浜でのエスペラントの日本大会のためのホテルも予約ずみだった。そこで司が発病前に熱心に取り組んでいた『エスペラントと私』の上下二冊組み本の見本も展示することになっている。

要介護度	利用できるサービス	認定の目安
要支援1	4970単位	障害のために生活機能の一部に若干の低下が認められ、介護予防サービスを提供すれば改善が見込まれる
要支援2	10400単位	障害のために生活機能の一部に低下が認められ、介護予防サービスを提供すれば改善が見込まれる
要介護1	16580単位	身の回りの世話に見守りや手助けが必要。立ち上がり・歩行等で支えが必要
要介護2	19480単位	身の回りの世話全般に見守りや手助けが必要。立ち上がり・歩行等で支えが必要。排泄や食事で見守りや手助けが必要
要介護3	26750単位	身の回りの世話や立ち上がりが一人ではできない。排泄等で全般的な介助が必要
要介護4	30600単位	日常生活を営む機能がかなり低下しており、全面的な介助が必要な場合が多い。問題行動や理解低下も
要介護5	35830単位	日常生活を営む機能が著しく低下しており、全面的な介助が必要。多くの問題行動や全般的な理解低下も

額の上限と考えればいい。実際サービス業者にはこの10倍が支払われる。つまり個人負担はサービス料の1割ということになる。

だから要介護4の認定をもつ司は30万6千円ほどのサービスをうける権利があるわけだが、実際はそれを大幅に下回っている。

介護認定の基準がきびしくなって要介護から要支援になり、今まで受けていたサービスが受けられないという事態も出てきている。

要支援1、要支援2、要介護1の場合は介護用のベッド、車椅子などのレンタルに制限がある。

要介護2以上はレンタル用品の制限はない。

2009年4月には介護報酬の見直しが行われた。介護現場の人材不足を補うために介護報酬を引き上げるのだそうだ。介護の現場への報酬引き上げはいたしかたないことだが、その分利用者の負担額もあがるし、もし目一杯のサービスを受けているのなら今までと同様のサービスが受けられないことになる。

介護保険の利用者は弱者で、利用者自身の声は届きにくい。介護職員の定着、給与の引き上げは介護保険報酬の引き上げという安易な方法でない、抜本的な対策を講じてほしいと思う。

＊1　介護保険の制度はめまぐるしく変わるので、数字等は参考としてとらえてほしい。
＊2　2009年4月からの調査項目変更により、一次判定で要介護度が更新前より軽くなる人が43%という調査結果をふまえ、さらに検討が加わりそう。(2009.7.1 朝日新聞)

【介護保険の基礎知識[*1]・その1】

●介護保険を受けたいと思ったとき（2009年7月現在のデータ）

1. 地域包括支援センター（自分の住む地域にある）に介護が必要になったと申請する。図書館・公民館・保健所など公共施設においてある「介護保険をうけるには」といった手引き書にその場所が掲載されている。わからなければ役所にたずねるといい。
2. 指定の備え付けの申請書類に記載。それにもとづいて認定調査が行われる。その他に主治医の意見書が必要になる。かかりつけ医や病院の主治医に書いてもらう（司の場合は入院先の主治医が記載した）。認定申請費用は無料となっている。

   認定は介護支援専門員（ケアマネージャー）があたり、その人の状態を把握するため全国一律にあらかじめ決められた79項目について調査し、コンピュータで数値をはじきだす[*2]。そのあと主治医の意見書と調査員の書く特記事項を勘案して結果がでる。審査結果に不服のときには申し立てができることになっている。
3. どんな人が申請できるか？

・65歳以上で体が不自由、あるいは認知症で生活が困難な場合。同居家族がいても申請できるが、受けられるサービスが限定される。

・40歳から65歳未満で医療保険に加入していて「特定疾病」により介護が必要になった人も同様に申請できる。特定疾病というのはガンの末期、関節リュウマチなどをふくめて16の病気。その場合には介護保険が利用できる。

●要介護度によって何が違うか

介護の区分は2009年現在で7段階にわかれ、要支援1、要支援2と、要介護1、要介護2、要介護3、要介護4、要介護5となる。

それぞれに受けられるサービスの単位数がきめられていて、その範囲内でケアマネージャーが本人と家族の希望にもとづいてケアプランを作成してサービスをそれぞれの事業者に依頼する。家族が直接業者に依頼することはできない。

一ヵ月で利用できる単位は右頁のとおりだ（独立行政法人福祉医療機構「介護早わかりガイド」より）。この単位数が介護保険での自己負担

在宅介護など経験もないし、ケアマネージャーのプランどおりにヘルパーさんも来てもらうことにした。自由業の末娘も同居してくれるのでなんとなく心強く感じられた。介護用品を借りること以外のサービスはすべてヘルパーの派遣にとお願いした。

どこでリハビリを続けるか

このJ病院で、通院のリハビリを続けるとなると電車とバスの乗り継ぎになる。どこか西荻窪駅近くでもリハビリができないだろうかと思った。掛けている生命保険のパンフレットを見ると医療機関についての紹介もするとあったのでさっそく電話で担当の方にお願いすると、探してファックスで知らせてきた。不払い問題でマスコミをにぎわせた通院手当金が一回三〇〇〇円、三〇回を限度に支払われることも教えてくれた（そのずっとあとに、不払い問題の対策としてこういう場合には障害手当金を払いますというパンフレットがその保険会社から送られてきて、そのなかに左手足麻痺という例があった。司は再発後に左手足が不自由になったのでこちらは担当者に書類をもらい、手続きをした。再発からほぼ一年半もたってから知ったというありさまだ。やはり保険会社のセールスの人は不勉強だと実感した。さらに後日談がある。めんどうな書類を医師や理学・作業療法士が作成して提出したところ、あなたの保険はこの項目はカバーしていないとの連絡があった。それならはじめに言ってくれればと、怒りは倍増した）。

タクシーを利用して西荻窪駅からほぼ直線で南へ行ったところに久我山病院があると教えてくれた。世田谷区になるそうだ。そういえばもうお亡くなりになって久しいが友人のご夫君がこちらで医者をされていたと聞いたことがあった。タクシーなら一三〇〇円、一〇分ほどで便利そうだ。連絡するとまずは脳外科を受診してくださいということになった。

J病院から紹介状をもらうのも面倒なのでと司が自分で紹介状を書いてもっていったら、「自分で書いたのはだめ」と。そのうえ、夜中の転倒事故で創った額の傷に貼られた絆創膏の理由も聞かれマイナスイメージだったのだろう。「発症から六ヵ月が経過しているので大きな改善は望めないと思うが、次回受診時にリハビリ受け入れについてお返事する」ということで帰された。

次回に受診すると「リハビリは一二月まで、週一回なら引き受けます」という返事だった。結局近いけれどここでのリハビリはあきらめて、遠くてもJ病院で引き続き、リハビリをすることに決めた。

ケアマネさんは週に三回の通院リハビリは多すぎるのではと言ったが、何とか治ってほしい気持ちで週三回リハビリ通院をすることに決めた。J病院でリハビリを続けるにも、勝手に病院に行くのではなく、主治医からオーダーを出してもらう仕組みとなっている。

車椅子がいらなくなる

退院が決まり、担当の理学療法士が替わり、リハビリは急速に進んだ。まず、内科病棟にいたときに一、二回だけ使った歩行器で病院の廊下を付き添いがあれば歩けるようになった。その歩行距離も急激に伸びて、病院の庭から外をまわって約五〇〇メートルは歩けるまでになった。今度の先生はパソコンが大好きとのことで司と話も合うし熱意も伝わってきてありがたかった。今までストレッチャーで運ばれて寝ながらのお風呂だったが、家では昔風の和式の風呂だからとお願いして病院で普通のお風呂に入る練習もしてもらえた。水をいれてない「空風呂」で練習して退院近くには普通の風呂にも入れるようになった。

本人は「車椅子はいらない。歩行器だけで十分」と言うほどに回復してくれてありがたかった。おそうじのおばさんからも「がんばったかいがありましたね」と声をかけられるまでにもなった。

「身体障害者手帳」をめぐって

かねてから身体障害者の手帳を交付してもらったほうが何かと便宜があると司の弟から教えられていた。「障害者手帳」を持つことにより、「障害」が決定的なものになるようで気がすすまなかった。相談室では発症から六ヵ月経過して症状が固定したときに申請するのが普通と言われた。それでも退院してからではまた手続きも面倒なので主治医に話すと、あっさり担当の整形外科医に受診するようにとのことだった。

申し込んで二週間ほどで書類は出来上がり大泉学園駅前にある社会福祉事務所に持参した。一年後に再審査という印が押されているのを見て「よかったですね。歩けるようになるかもしれないということですね」と励ましてくれた。ただし書類作成料金は一二〇〇〇円。来年もまたこの費用がかかるということでもある。杖が支給されますとも言われたが「家にあるから」と断った。

その後、家のものは握り手がとれてしまったので、福祉事務所に行き、結局新しいものを支給してもらった。自己負担金五〇〇円で配送してもらえた。

そのほかに介護保険でおむつの利用も認められて、認可されてからのおむつ代の領収書を福祉事務所に提出するとその費用も負担してもらえることになり、ありがたかった。ただし、入院中であることを証明するために入院医療費の領収書を見せる必要がある。退院してからはほぼ一割負担で、希望の品が現物で支給される。大人用のおむつは一枚が一〇〇円以上もするからありがたい。申請するとまとめて本人の銀行の通帳に入金される。

身体障害者手帳を見せるとタクシーは一割引（昔はタクシー券も出たが練馬区では今は出ない）、電車は子ども料金で乗れる。特急券は割引がきかないが乗車券は半額、介助者も同様に半額になる。バスは高齢者の無料パスで司が乗るので介助者の割引はない。とにかく交通費の割引はありがたい。

さらにJRのジパング倶楽部に入っていれば、そのクラブの手帳に添えて身障手帳を見せれば、特急券なども本人と介助者が二～三割引で購入できる（このことは知らなかったのだが、あるとき駅員さんが教えてくれた）。

いよいよ退院！

いよいよ退院の日。介護保険でのベッドの受け取りなどは末娘に任せて私は朝から病室の荷物の整理にかかった。

「よくぞ」というくらいの荷物だった。入院生活をすこしでも快適にと思うあまりに持ち込んだ荷物のなんと多いことか。

＊ザメンホフの肖像画（司はエスペラント命の人、その創始者の肖像画は掛けておくだけで元気になれそう）

＊マリア様の御像の写真（マリア様にも守っていただきたくて）

＊ルルドの聖水（長女が自らフランスのルルドまで行って汲んできてくれたもの）

＊サプリメント（亜鉛をはじめ体によさそうなサプリあれこれ）

＊パソコン二台（一台は文書作成用、あとの一台は娘がプレゼントしてくれたＤＶＤ観賞用。古いものはメモリーが少なく、うまく作動しなかった）

＊ＣＤカセットレコーダー（テープを聴いたり音楽をかけたりした）

＊小型ＭＤプレーヤー（ＭＤに音楽を長時間入れて一人のときにかけっ放しにして脳に刺激をと考えた）

＊観賞用ＤＶＤ（今まで見る時間がなかった手持ちのものやら、駅のコンコースで求めたものやらでざっと三〇枚。グラナダ版の「シャーロック・ホームズ」シリーズ、「赤毛のアン」シリーズなどなど）

＊ＭＤ（オルゴール曲、モーツアルト、エスペラントの演説、叙情歌などなど）

＊お絵かきセット（作業療法で塗り絵をしたがつまらない絵だったので自主教材をそろえた。キャンバス立ても娘のプレゼント。色鉛筆、絵の具などなど多数）

＊カセットテープ（牧師先生のメッセージ、エスペラント雑誌を視覚障害者用に音読したテープ）

＊絵手紙セット（これも娘がプレゼントしてくれて、何枚か書いた）

＊事務用品（えんぴつ、ボールペン、メモ用紙、サインペン、ホッチキス、セロハンテープ、などなど）
＊着替え、パジャマ（この病院では寝巻きの貸し出しが有料であったが自分のものを利用した。病院にはコインランドリーがあり、便利だった。残った紙おむつ、紙パンツ）
＊はし、マグカップ、洗面セット

この病院の近くに昔懐かしい商店街があり、近くのお菓子屋で赤飯、八百屋で梨なども求めた。この荷物の山に迎えに来てくれた末娘が「だから赤帽たのめって言ったのに！」と絶句。それでもなんとかタクシーで西荻窪の家まで無事帰宅。いよいよ在宅での生活の開始だ。

西荻窪の私の実家は二〇坪たらずの小さな土地に建てた三人家族用の家で、二階二部屋、一階一部屋とダイニングキッチンというなんとも手狭な家だが、末娘もいるし、お留守番のGさんもいる、不安もあるがなんとかなりそうだ。私たちは一階の六畳間に介護用ベッドを入れてそこに落ち着いた。

第8章■休んでばかりはいられない

ありがたかった体験者からのアドバイス

司が入院して私が看病に通いはじめると、その話はすぐにご近所にも知れわたった。そして貴重なアドバイスを多くいただいた。今まではあまりお話をすることがなかった方たちも「実はうちもなのよ」と、体験談を聞かせてくださったのは本当にありがたかった。とにかく初めは闇夜にひとり放りだされたようなもので、体験談の本があることもあとから知って参考にしたというありさまだった。

「無理しちゃだめよ、病院の帰りに映画でも見て帰るくらいの余裕もってね」

「病院に本当に毎日通いつめてね。雨でも雪でも、そうしたら私がうつ病になってしまったの。今思えばあんなに熱心に病院に通わなくてもよかったのではなかったかしらって……」

看病疲れで自分自身が病気になってしまったという方は多いのだ。奥さんの看病に病院通いをしていたら、先にご主人のほうがお亡くなりになってしまったという話も聞いた。万一私に何かあれば本当に困ったことになるのは目に見えている。そうはいっても、どうしてもがんばってしまう。

また友人でお母様が脳梗塞になったという方も何回かお見舞いに来てくださった。

「うちの母に比べたら、はるかに症状も軽いし回復も早いから大丈夫」などという慰めも希望につながった。

まずは横浜の日本エスペラント大会へ

さあ、これからがいよいよ在宅介護の開始だ。退院してすぐ一〇月二一日から横浜の開港記念会館で開かれる日本エスペラント大会に出席した。はじめての遠出となる。本人は「車椅子はいらない、杖だけで行く」と言いはるのでとりあえず西荻窪駅まで杖で行く。元気な人なら歩いて三分ほどの距離なのだが、そこまで杖で行くのが精一杯で、駅の階段に腰掛けて待っていてもらい車椅子を取りに戻る。一人では不安で、末娘に会場まで一緒に行ってもらうことにした。

大会会場に着くと、みなさんが「よかったですね」と声をかけてくださる。また発病前から取り組んでいた『エスペラントと私』という仲間のエッセーを集めた上下本も、病気で倒れたあと編集委員が手分けして完成させた。私も校正、タイトル付け、発送、と看病の合間に協力した。とにかく無事刊行し見本を展示することができた。展示用のテーブルをあらかじめお願いしておいたところ、みなさんが出入りする広間の入り口に置かれていたので、退院後皆様にご挨拶する格好の場となりありがたかった。鹿教湯《かけゆ》病院のIさんも参加されていて、あとから「あれだけ治って、会議にも出られて上出来」とおほめの電話をいただきうれしかった。

横浜の会場近くで泊まったホテルでは夜一人でトイレに立って、近くのソファに倒れ込んだ音で私が目覚めた。「起こすと悪いと思って」と。怪我がなくて何より。やはり病院のときと同様ですぐ隣に寝ていないとダメだ。以後はどこに行っても隣に寝ることにした。

一日目は到着が昼過ぎ、早めに近くのホテルのバリアフリールームに落ち着いた。夕食はホテルの近くのちょっとおしゃれなイタリアレストランで、テーブルの上には赤いランプがともっていた。退院できてよかったという思いがこみ上げてきた（そのときそのときでまったく普通に応答してくれるのだが、あとから聞くと本人にはまったく記憶がない）。

二日目は開会式。エスペラントの会合で必ず歌われる讃歌の「La Espero《ラ・エスペーロ》」（希望）を再びともに歌えたことにも感動した。日大板橋病院での手術の直後にも子どもたちと耳元で歌った歌だ。

三日目はお昼まで会場にいて、お迎えなしで二人で無事帰宅できた。西荻窪は駅にエレベーターがあって便利だし、駅での車椅子への対応はよかった。駅のエレベーター設置率は五七パーセントだとか。利用人数の多い駅から設置されていくのだそうだ。

学生アルバイト募集！

西荻窪に帰り、週に三回はJ病院へのリハビリ、一〇時ごろ出かけて昼過ぎに帰り、大方は娘と昼食をとった。初めのうちは娘が料理当番を一手に引き受けてくれて助かった。退院前に練馬の家から愛犬のポンピも西荻窪に移動してきて、猫二匹、犬一匹の賑やかな生活となった。ポンピはどうも落ち着かないようで家に入れても夜鳴きしたり、パソコンのラン・ケーブルを食いちぎったりした。ストレスのせいだろう。思うに、猫は自由にどこの部屋にも出入りするのに自分だけが玄関住まいで部屋に入れないのが不満だったようだ。

ヘルパーさんが来ないあいだはどうしよう。そうだ、アルバイトを募集してみようと思い立った。フルートのアルバイトが順調にいったので、こちらもすぐに見つかるだろうと気軽に考えていた。

近くの大学ということで東京女子大学と立教女学院短期大学にアルバイトの募集をお願いした。通学の途中二、三時間、家での見守りをしてもらったり話し相手になってもらえればと思った。東京女子大学からは、学生にはこの種のアルバイトは斡旋できないので同窓会に頼むようにとの返事があった。立教女学院は張り出してくださったようだが結局は見つからなかった。

杉並区の社会福祉協議会でもボランティアでヘルパーさんに来てもらえるというのでお願いした。すぐに申込書を持って係の方が見えたが希望の時間帯に来てくださるボランティアは見つからないままだった。フルートのなみちゃんとの出会いが奇跡だったのかもしれない。

在宅での日常生活

一〇月下旬、ひばりが丘のエスペラントの会合に行くというので電車とバスとを乗り継いではるばる出かけた。三鷹駅からバスでひばりが丘まで。三鷹駅はエレベーターがなくて係員が出てきてエスカレーターを止めてと延々時間がかかる。やっとたどり着いて昼ころまでおじゃまして、ひばりが丘駅近くのパルコに入ってトイレに行ったところで司は突然嘔吐した。夏以来嘔吐はなくなっていたので自分でもショックだったようだ。前触れなく突然吐くのが心配だと、その数日後に娘たちが用意してくれた西荻窪のレストラン「こけし屋」での退院祝いの席ではほとんど何も手をつけなかった。嘔吐はこの日以来再発で日大板橋病院に入院するまでなかった。

このころはまだ体のバランスがうまくとれず、椅子に座っていても何かの拍子に下に落ちてしまうこともしばしばで、少しも目が離せない状況だった。

介護保険のヘルパーさんも入った。私も週に一回くらいの割で練馬の家に行き、そこでの仕事をこなしていくという日々を送った。火曜日は健康のためにはじめたフラダンスの練習日だったので、それに合わせてほぼ毎週火曜日に練馬に戻った。途中タクシーを使っても片道一時間はかかる。帰りは娘から「早くタクシーで帰ってきてよ」との電話もしばしばかかった。自由業で家で仕事をしているので私が出かける日は下の部屋に下りてきて、パパの横で仕事をしていてくれた。それでも長時間となると大変だったようだ。練馬の家のお隣の宇都宮さんからはお土産に司の好みの煮物のおかずなどもほぼ毎週いただき、本当にありがたかった。

訪問マッサージ（私費）、動作法、フルートのレッスンが、リハビリ通院とヘルパーさんの合間を縫ってそれぞれ週に一回くらいの割で行われ、司もけっこう忙しかった。

医療保険がきくという訪問マッサージは友人がわざわざパンフレットをくださった。杉並区は訪問できないとのことで西荻窪では無理だったが、練馬に戻ってから週に三、四回お願いしている。しかも、医療保険の利用で費用は一ヵ月で四～五〇〇〇円と私費の一回分ですむのがなんともありがたい。

父との別れ

一一月のはじめ、妻をなくして新潟で一人暮らしをしている実父が突然タクシーを頼んで東京まで見舞いに来るという。実は私は養子にきたので実父の妹が養母という、いささか複雑なことになっている。その父が妹（つまり私の母で西荻窪の家の家主）にもしものことがあっても葬式にも行かれないだろうから、最後の挨拶と司の見舞いに来るというのだ。言い出したらきかないしということで長女の惇子さんがお供をしてきた。ナビがついているなら大丈夫ねと案内図を送らなかったら、ナビがなんだか知らなかった!!という恐ろしいタクシーでさんざん迷った挙句にやっと西荻窪の家までたどりつき、見舞いをしてくれた。

しばらく歓談して、今度は母がお世話になっている施設近くのレストランで母もまじえ、きょうだいそろって久々の再会を喜んだあと、父は元気に日帰りで新潟まで帰っていった。元気すぎるくらいで同行の惇子さんのほうが疲れたそうだ。

そして翌年（二〇〇六年）一月、父は突然明け方に倒れて帰らぬ人になった。朝ヘルパーさんが来たらベッドに腰をかけ、前かがみの姿勢のままでまだ温もりがあったそうで、救急車で病院に運んだがそのままだった。雪深い年だったが葬儀の日はめずらしい快晴だった。末娘に留守番を頼みなんとか葬儀に行かれた。司と二人暮らしだったら葬儀に行くのも難儀しただろう。

こんなことがあって、練馬の家近くの老人保健施設の相談員の方が特段に必要がないときに一度この施設を利用しておけば、今回のような場合には電話一本で受け入れもできますと言ってくださった。練馬への引越しのおり、その前と三回利用させてもらった。

親切にしてもらったし、気持ちのいい施設なのだが、三回目の利用のとき「夜中に同室の人が『一千万円出さないとぶっ殺すぞ』と脅すのでもう生きた気がしなかった。もう二度と行かない」と司が言い、それからは利用していない。

その方は元銀行員とのことで、夢うつつに債権の取り立てに行っておられたようだ。

友人宅で演奏会とホームパーティー

リハビリもすすみ、何とか階段も上れるし、二月にはじゃまになると車椅子も返却して、お出かけはウォーカーが主となった。ウォーカーというのは各種あるが、歩行を安定させるための手押し車のような道具で、介護保険で借りることができる。

吉祥寺に十字式健康普及会という気功のようなマッサージのようなものがある。司は慢性気管支炎で咳が続いていたのだが、ここで治療してもらってぴったりと咳が止まった。そんなことがあり、一月に一度くらいの割で前々から通っていた。

歩けない人も歩けるようになるというようなことも聞いていたので、タクシーで片道一〇〇〇円ほどかかるが西荻窪にいるときには毎週一回通っていた。

車椅子からウォーカーに代わったら、そこの係の方に「やっぱり効きますか？」とたずねられた。効くと思うから続けているのだけれど……。

お正月には私の小学校の同級生だったTちゃん宅でフルートの演奏会とホームパーティーを開いてもらった。うちからほんの二分ほど行ったところの、ピアノもあって素敵なお宅で、ホームパーティーにはぴったりだ。素敵なバラの花も飾ってもらい、お料理は彼女のＪＡＬ勤務時代のお友だちが腕をふるってくれた。

なみちゃんが大学の仲間と組んでいるフルートバンドも、その日はメンバー四人のうち三人がそろい、本当に和やかなパーティーだった。司は外で食事をするのは嘔吐が心配と演奏が終わると引き上げてきてしまったが、娘、娘のお友だちなどは夜遅くまでパーティーを楽しんだようだった。

「這ってでも行く！」——松本への日帰り旅行

なみちゃんたちのフルート四人組「シエスタ」が、卒業記念になみちゃんのふるさと松本で二月にコンサートを開くという。司ははじめのうちは「寒いので行かれない」と言っていたのだが、そのうちに「這ってでも行く」に変わった。

横浜よりもはるかに遠いが、がんばって行こうということになった。

乗車券は、身体障害者割引で介助者ともども半額になるのはありがたい。松本にはかつて同じ病院の研究室にいたK先生が開業されている。このコンサートの切符の販売にも力をかしてくださったし、うつ病の薬のことでもアドバイスをいただいた。会場で一緒にお茶をする。病気のことをずいぶん心配してくださっていた信濃毎日新聞の増田さんも長野から車で駆けつけてくれた。

コンサートは最前列に陣取った。二部構成のコンサートが終わったとき、舞台からなみちゃんが駆け下りてきて「よく来てくださいました」と抱きついてくれた。これで苦労して来たかいもあったと、満面笑みだった。コンサートもなごやかで素敵だった。

帰りは増田さんに松本駅まで送っていただき、無事帰宅。

翌日は元気に古本屋まで買出しに行き、その帰り「おい、こけし屋でめしでも食うか」とめずらしいお言葉。「昨日つきあわせて悪かったからな」と。

ありがとう。

自宅改修の契約

あまり寒いときの工事ではと思い、三月から着工してもらい、一階は書庫（四畳くらい）と出入口、その上にトイレのある寝室、一階の風呂は全面的に新しくするということで工務店に依頼した。

見積もりが届いた。なんとか安くしたいと、風呂のリモコンはやめ、トイレの便座は自分で安物を買う、部屋の電気のカサは西荻窪で使っているものを持っていく、洗面台は安売りの理科実験台のようなものを自分で調達するなどで二〇万円くらいは安くなった。そのかわり、浴室と脱衣所の仕切りは三枚引き戸とし、寝室の部屋の窓は出窓にしたのでプラマイゼロ。工務店のほうも精一杯のサービスだったようだ。

風呂場のトビラを折り戸ではなく三枚引き戸にしたのは正解だった。使い勝手がすごくいい。

契約は、司が練馬の家近くの老健施設に泊まっているときに、工務店の方に施設までご足労をお願いした。

いよいよ練馬に帰るのだ。このほかに、ぼろぼろだったふすまの張替えも「シニアふれあい練馬」にお願いして、工事が終わったら持ってきてもらうことにした。これは失敗で、ふすまのない部屋に工事のホコリが入り放題。工事が終わってからふすまの修繕を頼めばよかった。

「シニアふれあい練馬」には本当にあれこれお世話になった。本の移動をしないと工事ができない部分があり、書庫ができたらその直後にそこへ本を移動しなければ工事が先に進まない。留守宅に入って片付けていただいた。部屋が出来上がってからもベッド、家具の移動、引越し、すべてにお世話になった。

この増築部分に司が三、四年前に長野で購入したキーウイの木が植えてあり、裏庭への植え換えもお願いした。棚もとりはずし、新たに作ってもらった。このキーウイは一度いくつか実をつけたが移動させてからはまったく実をつけない。移動費用、棚づくりとかなりの費用を投じているのだが……。

〝人を診る〟眼科医

三月の半ば、朝起きたら司は右目が開かないと言う。どうしたのだろうか？　ちょうどその日はリハビリでJ病院に行く日だった。この眼科は入院中にも字が見にくいということで一度かかり、若干の白内障があるということで点眼薬をもらったことがある。

その受診のとき私も同行したのだが、ひととおり目のことを話してから「どうも記憶が悪くて困るのですが」と司が言うと、ただひとこと「ここは眼科です」という応対の、なんとも愛想の悪い医師だ。腕はいいのだろうが、せめて「それはお困りでしょうね、でもここは眼科ですから他の科で相談してみては」というくらいの応対が欲しかった。

そうはいっても、わざわざ他の眼科まで行くのもと、まずはリハビリのついでにここを受診した。無理に目を開けば見えるので目には異常ありませんということだった。

そのうちに治るだろうとそのままにしていたが、右目眼瞼下垂は結局はいつまでも治らず、前々からお世話になっていたU眼科に行き、その先生が順天堂大学の出身ということで順天堂練馬病院の脳神経内科を受診することになった。順天堂病院のＭＲＩは予約が混んでいて七月に受診したら一〇月の予約、その予約が回ってこないうちに今度は脳梗塞で日大板橋病院に入院になってしまい、脳神経内科はそれきり、右目はつむったままだ。でも写真を撮られるときなどには無理すれば開けられるのだそうだ。U先生は「突然なったのならまた突然に治ることもあるでしょう。右目は大事にとっておいて、いざというときに使えばいいですよ。眼球に異常はありません」と、患者へのやさしい心遣いを示してくれた。いつ行っても二～三時間待ちではあるが、この先生にかかりたいという患者さんの気持ちがよくわかる。

練馬の自宅へ

三月下旬、まず末娘が青山のマンションに引っ越していき、司には練馬の家近くの老健にお泊りをしてもらい、小型トラックで二回に分けて引越しをした。この引越しも「シニアふれあい練馬」の方が親切に行ってくださった。犬は一足先に練馬の家に車で戻り、介護保険のベッドの返却、そうじなどをこなして夕方猫二匹と娘とでパパのいる老健施設へ迎えに行った。

予定では家の増築が終わり次第、介護保険で手すりをつけ、引越しと同時に手すりもつくという段取りで進めていた。ところが二〇〇六年の四月から介護保険の法律が変更になり、手すり工事をしたあと領収書を提出して、介護保険でその費用の九割を給付してもらう、という今までの仕組みが変わってしまった。事前にどこへ手すりをつけるかをケアマネさん立会いの下で決めて、その書類をあらかじめ練馬区に提出して、認可がおりてから工事に入り、さらに出来上がったら写真をそえて工事の報告書を提出、工事費は一時全額たてかえて後日に費用が還付されるという、いささか煩雑なことになった。介護保険での上限は二〇万円までで、それを越えた分は全額自己負担となる。

手すり工事は「シニアふれあい練馬」にまたお願いしたのだが、このシステムに変更になってはじめてのケースということでかなり手間取ってしまい、認可がおりて工事が完成するまでに一ヵ月近くもかかってしまった。「認可がおりるまで手すりなしではご不自由でしょう」と階段だけは仮工事で手すりを取り付けてくださった。トイレも手すりがなくては不自由なので据え置き式のものを介護保険で貸してもらうことにした。こういうものはケアマネさんの許可があれば一月数百円で貸してもらえるので便利だ。

手すりもつかない状態だったが、とにかく練馬での新しい生活をスタートさせた。

第９章■一年ぶりのわが家

自家用車でのボランティア送迎サービス

司は練馬の自宅にほぼ一年ぶりに戻ることになった。家に着いた当初は家のなかはぐちゃぐちゃ、がたがたの恐ろしいありさまだった。階段の本の移動、家具の移動、西荻窪から持ち帰ってきたもの、それぞれを所定の位置に収めるのにゆうに一ヵ月はかかった。ベッドだけは、すぐに寝られるようにと新しくできた寝室に娘たちの手を借りて「シニアふれあい練馬」の方とで移動させておいた。寝室にもビデオ、ＤＶＤプレーヤー、書棚、キャットツリー、車についていた椅子を手放すときに取りはずしておいたといういわくつきのソファーなどが運びこまれ、細長い六畳ほどの板の間はまたたくまに一杯になった。

また練馬区内には、自家用車でお出かけ時の移動を助けるというありがたいサービスがある。練馬区内だったら一〇〇〇円で送っていただける。シニアボランティアの方の好意による組織だ。会長さんが申し込み書の確認にみえて、J病院まで送っていただけることになった。J病院の所在地は中野区になるのだが、練馬区に隣接している。はじめ区内だけの送迎だと思ったので練馬区の境界線で降ろしてくださいと申し上げたら「ちゃんと病院までお送りしますよ」とのありがたいお申し出に感謝した。

少し元気になってからは病院以外へのお出かけでもJRの西荻窪駅、吉祥寺駅などへもお願いしている。こんなに行き届いたサービスのある練馬区は本当にありがたい。ただし、誰でもこの送迎サービスを受けられるわけではなく、体が不自由、介護の認定をうけているなどそれなりの利用条件が定められているし、この移送サービスも誰もが行えるのではない。その団体は練馬区の運輸協議会の認可も必要だし、運転をする方も講習が必要なのだ。そののちには依頼されて、その福祉移送運輸協議会の委員になった。

「委員になっていただけませんか?」というお話をいただいたとき、お世話になっているのでと軽い気持ちで引き受けたら、セダン型の利用者代表にされてしまい、いささかとまどった。もうおひとりの利用者代表は電動車椅子移動の方だった。あとの委員はタクシー業界、国土交通省、練馬区職員、NPOの代表など。練馬区長からの委嘱状までいただいた。長く生きているがこういう行政の場を知ったのははじめて、「いや世の中こうやって動くのね」と実体験ができてよかったと思っている。

わが家の送迎は、比較的近くにお住まいというAさんとMさんなどが主に担当してくださっている。お二方ともご都合が悪いときにはまた別の方が来てくださる。そしてドライバーの方々は、約束の時刻に遅れるということは決してない。混雑などを見越していつでもその時刻の一五分から三〇分前には到着してくださるのだ。

体が不自由だと移動が本当に不便だ。タクシーの利用も多くなるが、病院への通院などの定期的な外出にはこの送迎サービスが実にありがたい。費用はタクシーのおおむね半額程度と決められている。ご自分の車を使ってガソリン代から車の修理代まで自分もちで、利用者の家まで決められた時刻に迎えに行き、希望のところまで送り届ける、あるいは待っていてまた家まで送るというサービスでありがたいことこのうえない。ただ、ボランティアをする人が少ないので、私たちが利用させてもらっている団体では積極的な宣伝はしない方針だそうだ。世の中にはこのようにして障害をもっている人を支えてくださる人がいるということもうれしい限り。私もいつか恩返しをしたいが運転はからきしだめなのだ。必ず別の形で恩返ししますとひそかに心に誓っている。

感謝のコンサート

練馬の家での落ち着いた生活は一年ぶり、発病した四月一〇日も無事すぎた。今まで同居していた長女が、「いつまでも親との同居もないだろう」という妹たちのすすめで引っ越すことになった。もともと世帯分離をしていてお互いに経済的な影響はない。勤務が忙しくほとんど家で食事もしないとはいえ、一緒にいてくれるだけで何かと頼りになっていたのだが、いつまでもずるずる親の都合で同居もいかがかとも思えた。家のなかの荷物の移動と並行して娘の引越し準備にとりかかった。娘の積年の荷物は膨大で、妹がしばしば通ってきて手伝い、ようよう六月の初めに妹たちの住む吉祥寺に引っ越していった。

そんななかでご近所の方にも感謝の気持ちを伝えたいと、ピアノのりさちゃんも加わってなみちゃんのミニコンサートを近くの区民館で開くことにした。「小林司の病気回復を感謝して　昼さがりフルートミニコンサート」というチラシを一〇〇枚ほど印刷して、ご近所に配った。私のコーラス仲間も全員参加してくれてその年の合唱祭で歌った歌を二曲披露してくれた。私のことをいつも支えてくれたコーラスの仲間の協力にも、忙しいなか聴きにきてくださったご近所の方にも感謝だった。

そのころは再発前でウォーカーで歩けたので、「車でお家まで送りますよ」という友人の申し出にも「僕はなみちゃんと一緒に歩いて帰る」というくらいの元気ぶりだった。

コーラスの仲間やなみちゃん、りさちゃんみんなが家にも来てくれて幸せ一杯だった。

杖で歩ける！

リハビリも進み、歩行もウォーカーから杖に変わり、杖と私の支えで通院もできるようになった。遠くに出かけるときにはウォーカーという生活で、車椅子は返却したまま、この調子でこれからいっそうよくなる……と思っていた。

右目の件で順天堂大学病院の神経内科を受診して抗痙攣薬のリボトリールが処方された。朝飲んだら猛烈に眠いというので夜に変更したら今度は目がまわる。

それならば同じ薬効のヒダントールDにしようということにした。薬は手元にないので抗うつ薬の処方のときに先生に頼んで出してもらった。とにかく精神科の薬は専門なので本人にまかせるのがいい。この薬にしてからはめまいはかなりおさまったようで、リハビリの先生にも「目がまわるという人がきたらヒダントールDがいいと教えてあげて」と話したりもしていた。精神科ではよく処方する薬だが普通の病院にはなじみのない薬なのだからそう普及はしないように思える。

もともと司は精神薬理学が専門で、このヒダントールDの研究もしていたとかで、「ミラクルドラッグ」だとよく言っていた。偏頭痛、内臓てんかん（原因不明の腹痛や体の痛みとして扱われるが実はてんかんの発作が内臓でおきている）に著効があるという研究論文なども発表したことがあるのだそうだ。

胸が痛い

今まで同居していた長女が引越していき、ヘルパーさんに助けられつつ夫婦二人と猫、犬の生活も軌道に乗ってきた。ヘルパーさんは西荻窪から引き続き、大手ということでYという事業所を利用した。ヘルパーさんも曜日によりほぼ固定し、慣れてきてすべてが順調だった。

暑さも増した七月の下旬の夜中に突然「胸が痛いから、昔S医院でもらったニトログリセリンを探してくれ」と言う。あわてて探したのだがどうしても見つからない。そういえば背広をクリーニングに出したときに、「こんなものがありました」とオバサンから返されたのがその薬だったがさてどこに置いただろうか。一時間ほども心当たりを探したが結局見つからない。「俺が死んだら心臓だから」などと縁起でもないことも口走るし、こちらも心配でたまらない。

朝いちばんにすぐ近くのS医院に行き事情を話してニトロを処方してもらう。さっそくに飲むと痛みは遠のいたと言う。前から本を購入しに神田の本屋街に行きたいとのことで、この日に出かけるつもりをしていた。ニトロを飲んだらもうすっかりいいから予定通りに行くと言う。

昼前に出発し、光が丘で好物のすあまを一〇個も購入し、昼ごはんがわりに三個食べた。いくら好物でもいかがかとは思うのだが、入院中に何も食べてくれなかったときからもう食べてくれるのがうれしくて、ついつい食生活のバランスも崩れてしまっていた。地下鉄のなかでまた胸が痛むから薬を飲むと言い、再度ニトロを飲んだ。

「死んでも本屋めぐりだけは止められない」

司は本屋が三度の食事より好きで、まさに「死んでも本屋めぐりだけは止められない」という人だ。こういうときは止めてもだめ。神保町でおりると岩波書店直営店をふりだしに何軒もまわり最後が三省堂、そこでフルートの独奏曲集まで求めるのだ。ドレミもあやしいのにかなりむずかしそうな名曲ばかりだったけれど……でもなんでも目標は高くということ。買った本はすべて私がリュックに背負い、司はウォーカーでなんとか歩行した。疲れると椅子に座れるようになっているので時折は座席に司を乗せたままで、押したりもした。

練馬に戻って直後のゴールデンウィークにエスペラントの合宿があると武蔵嵐山《むさしらんざん》の国立女性センターに行ったときには、重いリュックを背負った私がウォーカーに座っている司を押したところ、バランスを崩して二人でひっくり返ってしまったことがあった。本来ウォーカーの椅子は疲れたときに腰をかけて休むためのもので、そこに人を乗せて押すのは危険なのだが、歩けないと言われてはしかたがない。

病院の帰りや西荻窪でも本屋のはしごは二、三軒したけれども、これが退院してはじめての本格的な本屋三昧でご機嫌だった。

大好きな古本屋で本をゆっくり吟味

緊急入院でICUに

その翌日、七月三一日はリハビリの日でJ病院にいつものとおりに行った。小脳出血の後遺症では右足が動かないとか右手が動かないとかいうことはない。指令系統が壊れているだけなので、通院でのリハビリは理学療法だけだった。リハビリのあいだは病院の喫茶店で待っていたり近くのお店で食料品を求めたりして終わるのを待つのをつねにしていた。

終わったころかと戻ると、また「胸が痛いからニトロをくれ」と言う。リハビリの先生にこのことを言ったらすぐに医者に連絡がいって、入院のときにお世話になった若い医師が飛んできた。車椅子での移動も危険だとストレッチャーで診察室に運ばれてしまった。そして寝かせられ、すぐに心電図をとることになった。主治医のS先生がたまたま夏休みだったので内科医の武《たけ》先生が診察してくださった。

「大丈夫ですと帰して翌朝に急死するというケースもあります。今回はすぐに入院して結果がわかるまではお返しできません」と、なんと緊急入院となり、看護室のとなりのＩＣＵ室に入れられてしまった。ベッドが四つあって腎臓透析の人やら、病室があくまでちょっと滞在する人やら、入れ代わり立ち代わり患者が入ってくるが室料の差額は不要とのこと。ここで二四時間、心電図をみるためケーブルをつけたままで過ごすことになった。

しばらくすると心臓の専門のM先生もみえて「心配していても仕方ありませんから心臓の造影検査をしましょう。それで大丈夫なら退院していいですから。検査は私がしますから心配いりませんよ」と頼もしい。

心臓病では先輩格の司の弟は、検査そのものも危険を伴うから末娘が海外に留学中にそのような検査をするのはいかがなものかという意見だったが、入院してしまっているし、もうお任せするしかないと覚悟をきめた。たしかに造影検査はリスクが高く、同じような結果が最近開発された断層を細かく写すＣＴでも得られるとはあとから知ったが、検査の精度は一長一短だとネットにはあった。

武先生はご自分の父上と司が同じ年齢なので「自分の父親だったらどうするか」という観点からの

アドバイスをもらえたし、患者に親身に向かいあってくれているということが感じ取れた。かつての主治医はその後退職されて外来だけになったこともあり、これを機に武先生に主治医になってもらうことにした。

心臓の検査が続く

二日後に心臓の検査は手術室で行い、結果はCDに焼いて患者ももらった。M先生は冠動脈のカテーテル治療をここの病院ではなく心臓専門の病院でするようにすすめてくださったが、武先生はこのまま薬物治療で様子を見てはというご意見だった。高齢（七七歳という年齢）を考慮してということだった。

一度目の週末に自宅に外泊したいと申し出たときには「変だったらすぐに救急車で戻ってきてください」と注意された。次の週末をはさんで月曜日には、もっと詳しく心臓の機能を調べるためアイソトープ検査をしたほうがいいのでその機械が備えてある飯田橋の厚生年金病院に行くように言われた。次の週末も外泊して家から直接検査に行くことにした。次の週末には気軽に「行ってらっしゃい」と外泊が許可された。心臓の心配が遠のいたのだろう。飯田橋の病院の予約が、朝早く移送ボランティアのお願いは無理（ボランティアは原則朝九時から夕方五時まで）なので、ご近所の個人タクシーの方にお願いしてみたところ快く引き受けてくださった。

ご近所の方も「困ったときはお互いさま、いつでも声をかけてください」と、お盆休み中だったのにありがたいお申し出で、病院の予約は遅刻できないし、タクシーは呼んでも来ないときがあるから、本当に助かった。

この検査ときたら朝早くからのうえに、食事もとってはいけないというもので、しかもはじめて受診する病院なので検査の前にまず内科の診察もあり、さらに四時間後にもまた経過をみるとかで実にやっかいなものだった。やっとすませてタクシーでJ病院に向かい、病院で遅い昼食をとった。

この検査の結果が出たらすぐに退院できるということだった。特別便で三日後に結果が届いた。心配なしということで今度はもう立ち話で退院は明日でもいいとのこと。

その後、心臓は一度も痛みもなく過ごしている。そのあとからは高血圧の薬に加えてコレステロールを下げる薬と心臓の冠動脈をひろげるという貼り薬、血液の流れをよくするバイアスピリン、この薬の副作用の胃潰瘍を予防する胃腸薬が処方された。

この年のはじめ、心配してコレステロール値をみてもらったら正常範囲内ということでコレステロールを下げる薬は不要と言われたところだったのに、「どうなっているの」という感じだった。

入院中になみちゃんがお見舞いに来てくれた。演奏をしてもらいたいが、いいだろうかとたずねたところ、急な申し出だし、内科病棟には重病の方も多いので無理とのことだった。なみちゃんは素敵なオレンジ色の花束を持って来てくれ、病室がパッと明るくなった。

軽井沢・八ヶ岳まで足を延ばす

退院して二週間後に私たちが主宰している日本シャーロック・ホームズ・クラブのセミナーが軽井沢の西隣の御代田町《みよたまち》で開かれた。西荻窪までボランティアの方に送っていただけば、東京駅まで乗り換えなし、そこから新幹線で軽井沢へ、そこで乗り換えて御代田へ。タクシーで会場の御代田の図書館へ。信濃追分で夏を過ごしていたころはしばしば利用した図書館で懐かしい。図書館の上にある会議室がセミナーの会場だ。ここまではウォーカーで、入り口で車椅子を借りて移動した。一時間目は遅刻で二時間目からの参加。病気のあと、ホームズ・クラブの方たちにお会いするのは初めてだ。

夕食は近くのそば屋ですませ、疲れたとのことで一足先にホテルで休息し、翌朝また会場へ。昼までセミナーに参加してタクシーで信濃追分の山小屋に立ち寄った。しばらく家に風をいれて休息。八月も最後の日曜日でご近所の方はあいにくみなさま帰京してしまわれたご様子で残念。そのあと軽井沢のホテルで一泊してから帰途についた。

そしてまた二週間後には、前年入院中で参加を断念した、八ヶ岳でのエスペラント会のセミナーがあり、こちらには日帰りで参加した。帰りは友人が小淵沢《こぶちざわ》駅まで送ってくれて、はやばやと東京に戻ることができた。翌日は孫のバレエの発表会が吉祥寺近くであるので吉祥寺のホテルで宿泊することにしていた。バレエの発表会は午後からなのでホテルで十分休憩をして、と部屋の利用を延長した。ところが、吉祥寺の古本屋に買い出しに行きたいとのことで一時間ほど出かけたりもした。

孫のバレエの発表会は、小さい子たちが踊るいわゆるお稽古の会を想像して行ったらプロ級のお姉さんたちの素晴らしい踊りが続々だった。車椅子利用を娘が手配しておいてくれたので会場の車椅子を貸してもらえたうえにご招待席に案内していただけて、見やすい席だった。美しい踊りを見て非常にご機嫌だったがプログラムの最後までいるのは疲れると、途中の休憩時間に失礼した。

外出もできるし、心臓も無事、このままリハビリが進めばよかったのだが、思い通りにいかないのが人生というものだ。

第10章■今度は脳梗塞！

急にふらつきが……

軽井沢と八ヶ岳のそれぞれのセミナーに参加できたし、心臓病での退院のあと、一ヵ月目の受診のときは「調子がいいようですから六〇日分の薬を出しておきます」と言われた。数日前に近所でうけた高齢者検診の結果も上々、「心配はいりません」と言われ、安心していた。一〇月にはエスペラントの日本大会が岡山で開催されるので、ぜひともこれに参加するのだと張り切っていたし、出身の旧制の第四《だいし》高等学校が創立一二〇年の記念式典をするというので、こちらももう最後のチャンスだと金沢のホテルも予約をすませていた。その矢先のことだった。

いつものように九月二五日にリハビリに行った。「ちょっといつもよりふらつきがある」とリハビリの先生は感じたそうだ。そのあと、足を延ばして吉祥寺の十字式健康普及会で治療をうけ、恒例となっている古本屋にも寄って山のように本を求めた。送ってもらおうと言うと、「このくらい僕がもつ」と言ったが、結局私が荷物もちで家に帰った。いつもより杖での歩行が前のめりになるなと感じたが、まあこういうこともあるのだろうと不審には思わなかった。

翌日、食事がすみ、定例となっている訪問マッサージをうけ、パソコンをしにいくと言う。いつもならまっすぐに立てるのにふらっとソファーのほうに倒れかけた。冗談かしらと思ったがそのままパソコンの部屋に行き、自分でパソコンをたちあげてメールをチェックしていた。戻る段になったら足がもつれると言う。これはまずいと思いJ病院のリハビリの先生に電話を入れると、こちらの病院でもCT、MRIで診ますがとのことだったが、最近できた近場の順天堂大学練馬病院の脳神経内科に行ってみることにした。ここには三月末から右目が閉じてしまうという症状を検査してもらおうと、眼科から紹介されて七月から月に一度通院していた。

一一時近くに電話を入れると、救急車だと救急外来になるから普通に来てほしいということになり、ちょうど来ていたヘルパーさんに助けてもらい、タクシーで病院に向かった。言葉もはっきりしているし、症状は足のふらつきが大きくなっただけだ。

主治医はお休みの日で、別の医者が手を振ってみて、舌を出して右左にしてみてなどの検査をしたあと緊急でCTをとり、血液検査をした。結局二時近くに再度呼ばれて「こういう症状は薬の副作用によくみられるので様子を見るように、もしおかしいようなら明日再度主治医に受診してほしい」と言って帰された。

脳に異常がないのなら結構なこと、「検査代三〇〇〇円あまりは安心代だね」と言って胸をなでおろして戻った。いわれたように夜飲んでいためまい止めのヒダントールD錠を止め、明日の朝にはすっかり回復していることを念じた。

秋刀魚どころではない！

次の日、水曜日も状況は変わらない。朝、今飲んでいるコレステロールを下げる薬の副作用に脱力感が出たら相談してほしいと書いてあるのを思い出し、薬局に電話を入れると、そういう症状のときには血液検査のＣＴＰ（なんのことかわからぬが健康診断の検査項目にもそれがあった）でわかるから考えにくいという。もう心配でたまらない。「もう一度順天堂大学病院に行こう」とすすめるが、「俺は医者だ」「大丈夫」の一点ばり。

夕方になって弟（整形外科医）に電話でたずねると、「右足上げて、左足上げて」などと診断してくれた様子で、私に電話を代わるとすぐに病院に行くようにとのこと。私はといえば夕食にしようかとちょうど秋刀魚が焼きあがったところ。今は一刻も無駄にできない。六時、秋刀魚は隣の宇都宮さん宅に持っていって食していただくことにして、事情を話すとすぐに応援にかけつけてくださった。

救急車を呼ぶ。もう何回目か！　居室が二階と伝える。そのあいだに猫と犬を逃げないように別室に閉じ込める。長女に連絡して今日は泊まりに来てもらうことにする。明日からのヘルパーさんをキャンセルする。あわただしく、携帯と電話とを二つ持って行う。

今回は救急車の到着も早く、居室が二階ということで消防車も伴走してきて六人がかり。担架がわりに毛布を使って階下に降ろそうしていたが足が何とか立つのなら支えたほうが早いと、かかえるようにして下までおりた。今回は改築したので書庫のほうの出入り口は広くて楽だ。本が崩れないかを心配していた一回目の入院のときよりははるかにスムーズにことが運んだ。

脳幹部分に梗塞発見

救急車を呼ぶ前に日本大学板橋病院の脳外科に再発らしいことを伝えると、運のいいことに昨年小脳出血のときに手術をしてくださったT先生が電話に出てくださった。すぐにいらっしゃいとのこと。ありがたい。

救急車であっというまに病院へ。

若いK医師がまた前日の順天堂大学病院のときと同じように舌を出したり、手を振ったりさせたあとCTの検査をした。CTでは写らないところに異常があるかもしれないのでMRIをとるが、立ち上げに二〇分くらいかかるから待つようにと言われた。

MRIの検査が終わるのを待ちかねてそのK医師が出来上がったばかりの写真を見にきて「やっぱり！」と、そして「すぐに戻りますので先に待合室まで帰っていてください」と言う。

ほどなく写真をかかえてK医師が現れ、脳幹部分に梗塞ができていることを告げた。

「幸い意識もしっかりしているし、お話もできる。こういっては何ですが運がよかったと思ってください」と。そして写真を見ながら「これが脳の写真で……」と丁寧に説明してくれた。

本人は「僕は医者です」と、こんなところでも言う。即刻入院となり、ストレッチャーで病室に運ばれる。少し呂律が回らなくなってきたような気がすると言うと、看護室の前の個室への入室をすすめられる。値段は高いが付き添う家族の立場からは個室のほうがはるかに楽だ。ずっと個室でと希望を出す。ただしこちらの個室料差額は一日二万!! トイレもなくて小さな洗面台があるだけの無味乾燥な部屋だ。

いろいろ書類にサインしたり、事情を聞かれたりでかなりの時間がたっている。主治医になるT医師は手術中でまだ病棟に来られないということなので、とりあえず家に戻ることにした。時間外出口から外へ出るとタクシーが待っていた。時刻を聞くと一一時四五分だとのこと。この時刻ではバスもないのでそのまま家へ向かった。ほんの二〇分四〇〇〇円で到着。長い一日は終わった。

点滴だけで水もなし

翌日も症状は変わらず、二日目午後、「氷を食べてみて大丈夫だったらまた何かもってきてあげます」と、看護師はたしかに言ったはずだがいっかな氷もこないので催促した。「このあとはきっとアイスクリームだよね」と話していたが何もこない。ナースコールして「あの、あとで何かくださると言ってたのですが……」と言ったらそんなことでナースコールはしないように怒られたうえに、先生の許可がないし、氷だけとのこと。がっかりしていた。三日目、個室から二人部屋にうつり、点滴と氷だったのがやっと夕食に全粥が出て喜んでいた。それまでは手も足もほぼ普通に動いていた。

入院四日目、左手足が完全に麻痺

四日目の朝、病院から電話で病状についてご説明したいとのこと。いつものように一一時三〇分ごろ行くと伝える。病院に着くと今朝七時に急に左手足が完全に動かなくなったとのこと。緊急でMRIもとってもらったそうだ。

先生の説明は「これだけ治療していても病気の勢いが強く悪化した。最悪は昏睡状態、または手足の完全麻痺もありうるので了承してほしい」だった。

前回の入院のときに牧師の重見先生からいただいた「手足の不自由なかたへの祈り」のテープを作られた松山福音センターの万代恒雄先生も入院三日目には左手足が完全に麻痺したとあった。ただ先生は神の力とご自分のリハビリの努力で二週間ですっかり治られたのだそうだが……。

私も神の力を信じて手足のマッサージを始めた。本人は自分からリハビリをしようなどという気は毛ほどもない。ちょうどフランス留学から帰ったばかりの末娘が、バレエのときに足の指を一本一本回すと神経が伝達してトーシューズがはけるそうだから、パパの指も一本一本回すといいのではないかと言い出した。もう藁にもすがる気持ちだ。あと、とにかく手足の可動域は確保しなければと万代先生のメッセージテープを聴きながらマッサージを続けた。

イグナチオ教会にも行き腕輪になったロザリオも求めてきて司の左手にはめた。朝一ミリも上がらなかった左手が一センチほど上がるようになり喜んで家路についた。

病気のときのトイレはつらい。ベッド上で用をたすのも片手が不自由だと思うにまかせない。看護師さんに呼んでくださいと言われても頼みづらいのが実情である。とくに大便をベッド上でとなると至難の業だ。ポータブルトイレを貸してほしいと頼んだがだめで、オマルでするようにと。「それでだめなら浣腸します」という非情な言葉にびっくりして急に声が出なくなってしまった。構音障害が出たようで心配になる。

幸い夕方にはまた声も出るようになった。かすれ声のときにほかの看護師さんに「浣腸と言われたらびっくりして声が出なくなった」と話したら、翌朝わざわざ「浣腸します」と言った看護師さんが謝りにみえたそうだ。看護師や医者にとっては多人数のなかの一人だが、家族にとってはかけがえのない人。ちょっとした言葉に患者も家族も傷つくものだ。

話をするのもつらい日々

その後は病状も安定して、リハビリ病院への転院をすすめられた。

先生のおすすめは前回もここから紹介されたT病院ということだったので、即座に今リハビリでお世話になっているし、心臓病のときの主治医のいるJ病院へとお願いした。リハビリ担当のやさしい理学療法士のIさんにも逐次電話をいれて報告し、主治医にも伝わっているので話は早く、一〇月の八、九日の連休あけ一〇日に転院ということに決まった。万一そのときに体調が悪ければ延期もできると付け加えてくれた。

結婚記念日をまた病院で過ごすことになった。でも命があるということはありがたいことだ。ところがその日、一〇月三日に、私が昼前に着いて水を一口飲んだとたんにむせて、いつになく「ゴボッ」と嘔吐してしまった。一年前の一〇月下旬に西荻窪の家からひばりが丘のエスペラント会を訪ねたとき、帰途にデパートのトイレ前で吐いて以来のことで驚いた。

「嘔吐しました」と言うと、それからが大変だった。先生は飛んでくる。昼食はぬき。水も控えて。しばらくすると胸部レントゲンをとるために移動の機械が運ばれてきた。レントゲンの結果嚥下性肺炎の可能性もあると、さっそくに抗生物質の点滴までが加わった。その対応の素早さには驚かされる。さすが大学病院という感じ。

翌日は、午前中に末娘が来てくれて、午後交代すると午前中に張り切りすぎたのか元気がない。微熱も出て珍しく食欲もないという。

幸いその次の日にはまた元気になっていた。酸素も一度はずしたが酸素濃度が九五以下を推移するということでまた酸素をはじめた。酸素をつけたままの転院となるとやっかいなことになるし、このまま酸素をずっとつないでいなければいけない状況となれば在宅酸素か……。思いは暗くなるばかり。もともと私はうつ病もちで昨年の司の発病以来抗うつ薬はきらしたことがないが、いっそうどん底気分が襲ってくる。このところ朝は体を動かすのも、話をするのもつらく電話は全部お断りしてわずかに携帯メールで連絡をとっているありさまだった。朝は食事もとれない。

連休に入ったが主治医のT先生は当直とのこと。転院予定の一日前、酸素は無事はずれたので一安心した。

リハビリ目的で再びＪ病院へ

一〇月一〇日、いよいよ転院の日。二時に練馬のＮＰＯの方が車椅子移動の車で迎えにきてくださることになっている。昼食の前に日大板橋病院ではじめてトイレに行くことを許され、二週間ぶりに立ちあがったらもうふらふら。昼食はむせて戻してしまう。

娘も手伝ってくれて、二時少し前に車へ。Ｊ病院に向かう。道にすこし迷って三時に到着。外来で一連の検査（血液、レントゲン、血圧）をするが結構てまどる。血圧二二〇には驚いた。梗塞のときは血圧は高めに設定しておくということで日大ではいつも一八〇前後だったが二〇〇を超えるのはまずい。なにか薬をと言っても「医師の処方がないとだめ」とらちがあかず、あわてて日大からもらった退院薬から血圧降下剤を飲む。ベッドでまた水を飲んで戻してしまう。やはり移動がストレスだったのだろう。

水にはトロミをつけるように言われ、売店で水補給用のゼリー状のものがあると教えられそれで水補給をした。主治医、リハビリのスタッフの方々、前に入院していたときの担当のシスターなどが次々にベッドを訪ねてくださり、なにかわが家に帰ってきた気持ちがする。内科病棟で様子をみてリハビリ病棟へと言われたが、そのあとリハビリ病棟に個室や二人部屋の空きがないということで内科病棟の二人部屋で退院まで過ごすことにしていた。やはり四人部屋（差額がいらない部屋）だと気をつかい看病がつらい。今まで病気ひとつせず、もちろん入院もせずに働いてきたのだからこのくらいの贅沢は許されるだろう。

一一月はじめ主治医の武先生から「そろそろ小林さん退院してもいいようですが」と言われた。一一月二二日に以前から予定していた白内障の手術を私が受けることにしているので、それが終わってひと段落したときということで、一一月二九日に退院と決めた。

「トイレ」の尊厳

内科の二人部屋はつぎつぎに隣のベッドに新しい方がみえる。大方は夜中に緊急でみえたそうだ。概して皆様お元気で三、四日程度で回復して退院されていった。ところがある日にいらしたKさんは肺がんとかで、入院時には一人でトイレに行かれたのに、あっというまにおむつになってしまった。「トイレ」とナースコールしても「いいのよ、おむつなんだから、そこでして」とつれない返答が返ることがあった。

トイレの自立は人間のいちばんの尊厳である。トイレの介助は酸素つき車椅子に乗るなど手間だろうが、なんとかならないものだろうかと思ってしまう。退院されるまぎわのある日の夕方にやはり「トイレ」とナースコールされたら、「行きましょうね」とヘルパーさんが車椅子を用意してトイレにいらした。しばらくして戻られたとき「大も小もうまくいきましたよ！」という笑顔が忘れられない。人手が足りないのもよくわかるけれど、こういうやさしいヘルパーさんの対応がうれしい。

司もトイレのためにナースコールをするのを極端にいやがり、ベッドで尿器を使って自分ですませ、私が行くのを待ってトイレに行ったりした。トイレの話ばかりで恐縮だが、手すりの位置、ウォッシュレットが完備しているという百点満点のトイレが病院という場でさえ少ないというのが何か情けない。最近の公共施設やビルのほうが車椅子トイレに関しては設備が整っているようだ。

いつかはパウロのように

春ごろに、朝霞市の公民館で一一月開講の「シャーロック・ホームズ」の連続四回の講座を司と二人でひきうけていたのだが、結局私一人が受け持つことになり、少々重荷であった。その準備もあり、心に余裕がないまま日々をすごした。講座の日には次女が昼から見舞ってくれてありがたい。そのほかにも順次娘たちが見舞ってくれる。娘四人でよかったねと、皆からうらやましがられた。

隣のベッドのKさんは在宅で療養されるということで症状がさほど改善しないまま退院されていった。退院の前日には「病者の秘跡」というカトリックの儀式を受けられた。パストラルケア担当のシスター方とご家族が立ち会われ、隣の教会の神父さまが司式をされた。席をはずしましょうと申し出たがどうぞご同席くださいと言ってくださったので一緒に祈らせていただき、感動して思わず涙ぐんでしまった。

司は「泣くなよ、彼は自分の病状について知らないんだから」と隣の人に知られないようにエスペラントで言った。

「僕は上智大学に長く勤務していまして、ピタウ神父さんには随分かわいがってもらいましたよ」とKさんに話しかけると、「それでも信仰なさらないとはなんともったいない」と言われていた。

その後シスターが回ってみえて「よくわかっていらっしゃるから、そのうちにパウロのように強い信仰にめざめますよ」と慰めてくださった。ちなみにパウロというのは、はじめはキリスト教徒を迫害していたが途中で信仰にめざめて強力な伝道者となったという人物である。新約聖書の中には彼が書いたとされる「ローマ人への手紙」「コリント人への手紙」など十三の書簡が収められている。

内科病棟は危ない⁉

Kさんが退院されて二人部屋をのびのびと使わせていただいていたのだが、夜中に中国人の方が緊急入院されたことで大騒ぎになった。新潟に住む姉がガンの初期で内視鏡手術をしたので見舞いに行き夕方病院に着くと、その中国人の方がのべつ幕なしに咳をされている。うつるといけないから早く帰れと言うので、顔を見ただけですぐに病院を辞した。中国から発生してヴェトナム、カナダなどに広まり死者も出た強い伝染力のある感染症のＳＡＲＳ《サーズ》の症状はたしか高熱と激しい咳だった。もしやサーズだったら大変だ！　急に心配になり病棟に電話すると、そういう病気ではありませんということだったが、「このまま内科病棟にいてはまたこういうリスクがあるだろうから、二〇日ほど退院まではあるからリハビリ病棟に移りたい、部屋はもうどこでもいい」と伝えた。

翌朝の土曜日に病院から電話で「隣の患者さんのことで不安定になっておられるので外泊してはい

かがだろうか」という連絡があった。私も外泊を考えていたのですぐに応じた。病院につくと「医者も看護師もみなマスクしているのに隣の患者にはマスクもくれない」と不安と不満をもらした。幸い、月曜日二時にはリハビリ病棟に替われるということになり、車椅子タクシーをお願いして午後から外泊することにした。

「すぐに退院させてくれ」と司はごねたようだが「土曜日で主治医もいないし退院手続きができないからがまんするよう」といさめられたようだ。

思いがけない外泊で私も不安だった。階段は這って上ってもらい、食事も二階でとった。翌日の日曜日には決死の覚悟でお風呂にも入ってもらった。一度目のリハビリ入院のときには抵抗なくストレッチャーで運ばれて病院の風呂に入っていたのだが、今回は病院の風呂はいやだと拒否して、髪の毛だけ洗ってもらっていたので、家での久々の入浴は気持ちがよかったようだ。

月曜日、病院へ戻るときには階段も杖を使い、支えてあげれば下りられるようになっていて、在宅の自信につなげることができた。病院へはシニアボランティアのAさんが送ってくださった。ご自身も足の指を骨折中で車椅子をご利用だったのにありがたかった。急なときの用意に家の電話をお知らせしますというお言葉に甘えて、お怪我中とは知らずにお願いしてしまった。

内科病棟からリハビリ病棟に替わり、リハビリの担当の先生も代わることになりデメリットもあったが、とにかく感染の不安からは解放された。今度移ったところは四人部屋でだれもおられず、差額も三一五〇円と聞いていたが実際は差額不要の部屋で、経済的にはかなり助かった。

再発後初の介護認定

私の白内障の手術は日帰りで簡単にすんだが、翌日から何回か通院があるのと、病院は雑菌が多いのでしばらくは見舞いに行かないようにとの注意があり、一週間ほどは自粛して家で過ごした。そんななか司は自分でベッドから一人で車椅子に移り、公衆電話から家に電話で見舞ってくれた。おいてきた小銭ではうまくつながらなかったとかで、どなたかからテレフォンカードをもらったそうだ。今までの入院では考えられないくらい生活面では進歩がみられる。「ひとりで夜中に車椅子でトイレに行き、下に落ちてしまってどうしようかと思ったが、なんとか自分で這い上がった」とか、見舞いに行かないあいだに行動範囲も広がった。

そして、再度介護認定の時期になった（二〇〇九年現在では介護認定は二年に一度行われる。途中大きな変化があれば申請して変更を申し出ることができる）。ケアマネさんが病院に調査に見えた。左手足がほとんど不自由ということもあり、今までの要介護度三から要介護度四に変更になった。身体面では再発後はかなり後退した感じだったが、精神面での後退は感じられなかった。

ところが、もらった今後のリハビリ計画表には「高次脳機能障害」のところに「注意障害」と記されていて驚いた。日大板橋病院に入院しているときに、この高次脳機能障害の失語症の方と同室になったことがあり、「ニワトリ」「ウサギ」などという言葉も忘れてしまい、かなり苦労されていたのを思い出す。

司は「記憶障害」があると言っていたが、こちらにきてから作業療法士の行った記憶力テスト、「品物を五つ見せて、その後それらを隠して何があったかを答える」「先生の言った言葉を繰り返す」「一〇〇から七を引く、さらにそこからまた七を引くということを三回くらい繰り返す」などのテストではほぼ満点だった。一度目の入院のときにもこのテストをしたが、そのときのほうがずっと成績は悪かったように思えるが、高次脳機能障害などという話はなかった。

「注意障害」というのは集中力が続かないという症状だとのこと。今発症したわけではなく、たまたま今回からのリハビリの書類に記されただけなのだろう。一から三〇くらいまでの数字が丸で囲んであるプリントを渡されて一から順に線で結んでくださいというテストにかかった時間が長かったこと、数字の「1」、次にひらがなの「あ」、その次は数字の「2」、次はひらがなの「い」とつぎつぎ線で結んでいくというテストも時間がかかったうえに、どうしても見つからない数字はプリントに自分で書き込むという裏技を使ったりした。

つまり普通の状態の人ならプリント内（B5判の紙）に順不同に書かれた数字を一から順に探すのなどわけはないのだが、「注意障害」があると全体のなかから必要なものを探し出すのがむずかしくなる。それが「注意障害」ということなのだ。さらにいつでもすぐに疲れたといってベッドに寝たがるのも高次脳機能障害のひとつだそうで、「易疲労性」も書き加えられていた。

診断基準ができたばかりの〝高次脳機能障害〟

この高次脳機能障害については、私が質問したら作業療法士が教えてくれたくらいで医師からは何の説明もなかった。この障害は精神科領域でもあるようだが、うつ病で受診している医師からの説明はなかった。また一回目の入院でもこの病院の精神科を受診していたがこの障害について医師から説明をうけたことはなかった。

その後本屋で『高次脳機能障害』（橋本圭司著、ＰＨＰ新書、二〇〇七年）という本を見つけて読んだ。この高次脳機能障害は比較的新しい診断名ということだ。二〇〇一年から五年間厚生労働省が「高次脳機能障害支援モデル事業」を実施した結果、やっとのことで診断基準や支援マニュアルができたというのだから、小脳出血での入院後に何の説明もなかったのもうなずける。北里大学の作業療法士科を今年（二〇〇六年）卒業したという作業療法士は勉強家で、さすがだと思った。

むずかしい説明は他にゆずるとして、ひとことでいえば脳卒中、交通事故などにより脳に損傷をうけたことにより引きおこされる目にみえない障害の総称と思えばいい。

作業療法士の説明によると、発病当初は脳に何らかの障害が残っていても、時の経過とともにその障害が軽減するそうだ。

幸いにリハビリ効果と時の経過で、注意障害も易疲労性も軽減されてきたように思える。

現在ではこの高次脳機能障害について、ネットで検索するだけでさまざまな情報が得られる。司の症状のほかにも

＊半側空間無視〈体の半分から左（右）、あるいは左（右）側の空間について気づかなくなる〉
＊地誌的障害〈今どこにいるのか場所の認識ができない〉
＊失行〈ある状況のもとで正しい行動がとれない〉
＊失語症〈言葉を理解・表現できない〉
＊記憶障害〈健忘症候群〉〈新しいことが覚えられない〉
＊遂行機能障害〈前頭葉障害〉〈物事を計画して実行することができない〉
＊行動や情緒の障害〈物事を自分からはじめられない、判断できない、抑制がきかない〉

などがあるようだ。

一度目の入院のときから「記憶障害」は自分で訴えていたし、一緒にタクシーに乗っていて、今まで いつも走りなれた道でもどこだかわからないということもあるから、このほかの障害もまったくないというわけではなさそうだ。

リハビリで籐細工

入院中は週に四回ずつ理学療法と作業療法が行われた。前回の入院中では考えられないくらい作業療法はバラエティに富んでいた。前回は輪投げを右から左へ、左から右への移動くらいだったが今回はお手玉、おはじきで主に左手を鍛えることに始まり、退院するころには籐細工で籠を編み始めた。クリスマスプレゼントに間に合うように退院後も通院でがんばってすてきな籠を私のために編んでく

再発後に作った籐の籠。右が第一作

れた。だいたい籠が自分でつくれるということにも驚いたが、出来上がりは素晴らしいものだった。上、下と順に籐をくぐらせて編むのだが、うっかりすると上のつぎにも上に通してしまったりということが起こる。じっくりほぼ一時間この籐細工に集中して、順番に間違いなく作り上げていく、おそらくこの過程がリハビリにいいのだろう。私はもっぱらほめることに徹した。先日みたＮＨＫ総合テレビの「ためしてガッテン」（二〇〇九年四月八日）によると、脳科学の観点からもリハビリ後の適切なほめ言葉がリハビリの効果を高めると証明されたそうだ。

リハビリ室に行くと不思議なもので、司のようにいやいやリハビリをしている人もいるかと思えば「そんなに熱心にリハビリをするとかえって悪くなりますから、自主トレは控えめにしてね」と注意されている人もいる。

脳卒中の症状は本当に千差万別で、一人として同じ人はいない。そんなおり娘の知り合いの方も脳梗塞の後遺症で左手足が不自由になり、リハビリ目的で入院されてきた。リハビリに熱心なうえ、日中でもベッドに座って読書をされたりお手紙を書いたりもされている。

司は「あれほど好きな読書もあまりしなくなった」とちょっと寂しい思いもした。これもないものねだりだ。

理学療法は初めのうち、病室からリハビリ室へ杖で戻ってくることも大変だったが退院するころには階段の上がり下り、ウォーカーでの移動もできるまでに回復した。

白内障の手術をした私を病院のシスターたちは気遣ってくれて、「無理はだめよ、車椅子を押したりすると治らないわよ、一年くらいは大事にね」とやさしい言葉をかけてくださった。病院付きの神父さまも通りすがりに病室に寄ってくださったりもしたのが私の慰めとなった。

退院に向けて

予定通り一一月二九日には退院し、再び車椅子を介護保険で借りることにし、そのほか病院で使っておられる方があり、すごく使い勝手がよさそうなウォーカーを介護保険で貸してもらった。心臓病のときにはこのウォーカーで自分でトイレに行かれたのだが、今回は車椅子になってしまった。失ったものを悔やんでもしかたがないのだが、悔やまないといったら嘘になる。

退院後は通院リハビリと訪問リハビリの併用を希望していた。訪問リハビリは看護師さんが週に一回来てくれることになり、また在宅介護の始まりだ。

長く休んでいるあいだにヘルパーさんは総入れ替え、そのうえ、土日のヘルパー派遣がむずかしいとかで、別の事業所からも派遣されてくることになった。

退院のおりに生命保険の請求の書類を作ってもらうように依頼した。この書類一通が五〇〇〇円も

現在利用中の最新式ウォーカー（歩行器）

するのだが、郵便局の簡易保険はおりなかった。「脳出血」と「脳梗塞」はひとくくりで脳血管障害という範疇になり二〇〇五年の「脳出血」で保険を支払ったので支払えないのだそうだ。そんなことあり？　民間の生命保険は無事に支払いもしてもらえたし通院手当て一回三〇〇〇円も最高三〇回までを支払ってもらい、大いに助かった。

退院してからは、今までのように一階の食堂での食事は上がり下りが大変なので、二階に運んで食事をすることに変更した。お風呂のときと出かけるときにだけ階段の上がり下りをしてもらうことにした。お風呂用にはシャワーチェアーと湯船に入るときの補助具として腰掛用のボードを介護保険で購入してもらった。一年間に一〇万円の範囲内で、ケアマネさんが必要と認めてくれれば一割の負担で入手できる。ただし何でも希望の品が購入できるわけではない。四点杖を購入してもらいたいと思ったことがあったが、レンタルで利用できるものはダメと言われた。制限は多い。お風呂・ポータブルトイレなど直接に肌に触れるものはレンタルではなく購入になるのだそうだ。

【介護保険の基礎知識・その 2】

●具体的な費用について

ここに 2008 年 11 月（退院の約 2 年後）の司の介護費用の支払いについての書類がある。参考までにその一部を紹介しておく。

＊日中　1.5 時間〔身体 2　生活 1〕[*1]　一回自己負担額　485 円

（介護を受ける人に直接ふれるものを身体介護といい、調理・清掃などは生活援助と区分けしていて単位時間あたりの費用が異なる）

＊夕方　入浴の介助　1 時間〔身体 2〕[*2]　一回自己負担額　402 円

＊器具のレンタル費用（自己負担額）

歩行器	フランスベッドメディカルサービス		350 円
車椅子	ニック（福祉用具の専門業者）		900 円
手すり（平行棒）	ニック	移動があぶなくないようにパソコンルームにつながる部屋においてある	500 円
四点杖（屋内用）	ニック		200 円

この月の合計の支払い額は　19443 円

要介護 4 の最高利用額（30600 円）の 65 パーセントの利用にとどまっている。

福祉用具を扱う業者は専用のカタログを用意していてレンタル価格が表示されている。希望すれば購入することもできるが自費である。月々にすると比較的安価で利用できる。定期的に点検もしてもらえるし、車椅子の軽量型が出たからと最新のものに代えてもらったし、歩行器も背の高い人用ができたからと簡単に取り替えてもらえるのがなんともありがたい。購入していたらそうはいかない。

西荻窪の家で利用していた介護用のベッドは電動式で最新のものだったが、手すりを別途に借りて自己負担額は月額 2000 円だった。

その他、老人保健施設のショートステイを利用するとおよそ一日 1000 円（介護度と収入により異なる）、その他に個室を利用するとその費用、食費等別途必要になる。ホテルと異なり病院と同様で入所した日、退所する日も一日分の費用がかかる。個室を利用せずで食費（1 日 1380 円）等が加算され 1 日 3000 ～ 4000 円が目安。ただし、収入により減額されることもある。詳細は利用施設に尋ねるといい。

＊1　1.5 時間を 30 分ずつに区切り、そのうちの 2（つまり 1 時間）が身体介護、残り 1（30 分）が生活援助ということを意味している。

＊2　入浴介助はすべてが身体の介護なので 1 時間を 2 とカウントする。

第11章■何事も前向きに——再びの在宅介護

車椅子で運転免許更新

二〇〇六年も終わり近くに退院、また在宅での介護生活の開始だ。二〇〇七年四月で運転免許が切れて更新しなければならないという連絡の葉書が来ていた。七〇歳以上は高齢者講習が義務付けられていてその講習の案内が半年前に届いたのだった。ちょうど再発での入院中で左手もほとんど動かなかったので、更新するかどうかも含めてそのままにしていた。退院してからたずねると更新すると言う。「何事も病気だからだめ」ということは言いたくないので、更新するという方針で講習会を申し込むことにした。講習は指定の自動車教習所ですることになっていて、いちばん近い大泉の教習所に電話でたずねると「更新は座って講義を聞いていればいい」と言うのでその時点でいちばん早い予約の二月二日の午後をお願いした。

さてその二月二日もすぐに来て、ボランティアの方に大泉自動車教習所まで送っていただき車椅子で行った。

「今日、車運転していただきますが大丈夫ですか？」と受付で心配そうにたずねられた。さて、座っているだけと聞いたのに。司は運転は大丈夫だと言うし、まあ様子を見よう。

まず室内でゲーム機のようなものの前で赤信号だったらブレーキを踏むとか、カーブの切り方とかいくつかのテストを行う。三人一組でほぼ一時間三〇分ほど。そのあと講義を聞いてから実車に乗ることになる。車椅子なのでもう一度教室に戻らずにすませますとかなり親切だ。

司は三人目で、運転席につくときに手を貸してもらって移動した。教官とほかの二人も乗っている。なにしろ運転など病気をしてから一度もしていないので、どうだろうかとすごく気をもんで外で見ていると親切なおじさんが声をかけてくれて、「大丈夫ですよ。すぐに戻ってきますから」と言う。帰りがけにタクシーを捕まえて乗せてもくれた。ふと見ると胸に所長の名札!! 警備のおじさんかと思ったら何と親切な所長さん。あわせて今日の教官が親切なのもうなずける。ちなみに先ほどの機械でのテスト結果は同年齢の人に比べて「普通」の評価。教官が「もっと成績悪いかと思いましたら好成績でした」と。

実車も無事こなしたそうだ。ただし縁石に一度のりあげたとか。オートマ車でも左手でのギア操作もあるのにと感動した。これから先運転するかどうかは別として、更新のための講習に合格できたということが自信につながればいいと思う。

そのあとは講習会の合格証書を持って石神井警察署に出向き無事に運転免許証を手に入れることが

できた。右目が急に開かなくなってしまってほぼ一年、でも写真のときにはしっかり両目を開いていた。右目は開けようと意識すると一瞬は開いていられるのだそうだ。

ただ、その夏に一〇年目になる車の車検が切れた。車検の費用もかかりそうだし、娘の家にあずけていたが、彼女たちも車はさほど必要もなしということで手放してしまった。またもし車が必要になったら、そのときに求めればいいだろう。

パスポートも十年更新！

五月の半ばごろ、探し物をしてふとパスポートを見ると二〇〇七年の五月一七日で期限が切れる。あと数日しかない。パスポートは期限内に更新すると住民票などが不要で手続きが簡単だが、当面海外に出かける予定はないし、どうしたものかと迷っていると、司はさっそく手続きに行きたいと言う。五月一四日に病院にリハビリに行った帰りに申請に出かけることにした。一〇年前は有楽町まで出向いたが、今回は都庁が新宿に移り大江戸線利用で便利になった。申請は代理人で受け取りだけ本人にしようかと聞き合わせたが、その書類は都庁まで出向かないとだめだという。近くの旅行代理店にならあるだろうと聞いたがなんだかはっきりしないし、何しろ期限はせまっているので行くしかないという結論にいたった。さて、申請の段になって、期限は一〇年間と思っていたら五年もあるという。一〇年だと一六〇〇〇円、五年だと一〇〇〇〇円だった。

「安いほうがいいから五年にしようか」と言うと、「五年たってまた申請なんてめんどうだから」と

横浜の世界エスペラント大会で外国の友とともに

言うので二人とも一〇年のものを申請した。

七八歳、再発以降は車椅子生活からなかなか離れられないし、はたして今後海外に行かれるのかは不明だが、何事も前向きにね。

病気後はじめての講演

二〇〇五年夏にエスペラントのゆかりの地リトアニアで開催される世界エスペラント大会に参加しようと、楽しみにあれこれ計画していた春に倒れて、翌年九月に再発、やっと小康を得ていた。二〇〇七年春、日本で八月に開催される世界エスペラント大会の役員のSさんから、大会のプログラム内で講演をしてほしいというご依頼をいただいた。

前年の春にシャーロック・ホームズの連続講座の講師を依頼されていたが、再発で入院していて私一人でこなしたし、本業のメンタル・ヘルス関係の講演依頼は遠方ということもありお断りしていた。完全な回復にはいたっていなかったのでかなり心配した。

お引き受けしたテーマは日本の文化紹介のひとつで「日本の国宝」。画像を五〇枚ほど用意してパソコンで見せながら紹介することにした。まずは一〇〇〇点以上ある国宝からの絞り込み、一眼レフデジタルカメラを購入してそれらをカメラにおさめ、次に建物、仏像、絵画などとジャンル別に並べ替え、さらに「わび・さび」を視覚的に見せるなど二人でアイデアを出し合いながら準備を進めた。

これは世界大会初日の開会式後のプログラムで、七〇名ほどの参加があった。娘二人孫二人も応援に駆けつけてくれたし、久々に再会した各国の友人たちも出席してくれた。エスペラントの世界大会だからもちろん使用言語はエスペラントだ。日本人の作家の名前や地名など言ってもわからないだろうからと画像を見せることを主にした。国宝の切手が手元にあったので絵はがきとセットにして用意したのが思いのほか好評で、無事に講演を終えてほっとした。

この横浜での世界大会のために八日間のホテル暮らしをして、かなり自信がついた。この世界エスペラント大会のことは、依頼されて司が原稿を書き、朝日新聞社の「一冊の本」二〇〇七年一〇月号に掲載された。執筆活動も再開できるまでに回復したこともうれしいことだった。

エスペラント仲間と合奏を楽しむ

司はとにかく「エスペラント命」の人だ。横浜の世界大会で自信をつけて、今まで「遠いから行かない」と言っていたその年一〇月に開催される水上温泉でのエスペラントの日本大会にも参加したい

日本エスペラント大会で仲間との合奏を楽しむ

と言いだした。横浜での世界大会の打ち上げをかねて温泉でというのが今回の趣旨だった。幸い大会会場の近くに練馬区指定の温泉旅館がありそこに宿泊すると割引もある。そこから大会の会場になっているホテルへ通えばいいだろうということにした。

「千の風になって」の曲がお気に入りで、そうだせっかく行くのならみんなで合奏をしよう「僕はフルートを吹く」とも言い出すのだった。「まだ音出しもあやしいのに」と思ったが、協力は惜しまない。私も何か楽器をと考えたが、できる楽器はマンドリン、ヴァイオリン、どれもたいして上手ではないが、できないことはない。ところが車椅子を押して行くとなると、どちらの楽器もかなり邪魔になる。そこでハーモニカの練習を始めてみた。小学校のとき以来だがなんとかなりそうだ。エスペラント仲間のメーリングリストに何回か協力者を求めるメッセージを載せると、ハーモニカのほかにもオカリナ、コカリナ、笛、ピアニカ、電子ピアノと協力者が次々にあらわれた。ピアノもプロ級のTさんが名乗りでてくれた。彼は目が不自由で全くみえないのだけれど旅行も一人でされる。私とはその昔一緒に旅行をしたり合奏を楽しんだりした仲間だ。

リハーサルの時間をもうけたが司ときたら一度目はフルートをさっぱり吹かない。聞いてみると前奏があるのでどこから出ていいかわからないのだという。それでこっそりハイと合図をすることにした。本番は私もハーモニカを吹くのに手一杯だったが、あとから録音したものを送ってくださった方があり聞いてみた。まとまりもあったし、フルートの音色らしきものもあった。

またまた自信がついたようで、来年和歌山県で開催される日本大会にも参加して合奏をしよう、それまでにもっとフルートを上達させるとの決意表明もあった。旅館でも何回も練習していた。左手が不自由なので再発のあとは「本当のところどうしようかと思った」となみちゃんも心配していたけれど、少しずつ左手の指も動いて音も変えられるようになった。

パソコンのキーボードはアメリカ製

再発の前あたりからぽちぽちとパソコンを打ったりメールチェックをしたり、ときに原稿を書いたりもするようになった。左手が不自由なので少しでも早く打てるようにと、「予測変換ユーティリティ」という機能のついているパソコンに二〇〇七年の初めから変えた。携帯電話のメール機能にあるように「あ」と打ったら「ありがとう」とか、使いこなしていくうちに、機械が次に打つ言葉をあらかじめ出してくるので、キーボード操作がゆっくりの司には便利な機能だ。しかも、司はパソコンいじりが趣味で発病の前には三度のごはんよりパソコンというくらい、いじりまわしていた。

ところが発病前に使っていたものはあれこれソフトだのなんだのを詰め込みすぎて動作が遅くてかなわないので、この際にと新しい予測変換ユーティリティ搭載のものをプレゼントすることにした。さらに、パソコンのキーボードの配列も自分好みに変えているので私のものとは共有できない。新しい機械にお気に入りのキーボードをつないで使っていた。

パソコンの置いてある部屋へは猫たちを入れないように気をつけてはいるのだが、時折夜中に入ってパソコンのキーボードの上で遊ぶようで、接触がうまくいかなくなってしまった。家にはいくつもキーボードがあるのだがどれも気に入らないのだそうで、困り果てた。壊れたものはアメリカ製だったので、ちょうどニューヨークに留学中の末娘に買って来てと頼んでみたが「そんなものは見たことも聞いたこともない」とつれない返事だ。

そこで一一月の半ばに秋葉原まで出かけた。前にも行ったキーボードの専門店にもお目当てのものはなく、そこで教えられた次の店でとうとうその目的を達した。キーボードなど秋葉原の店頭で一〇〇〇円も出せば買えるのにとも思ったが、どうしても欲しいというそのキーボードはアメリカ製で二五〇〇〇円!! へそくりを三万円持って出かけて来たかいもあった。その後はキーボード操作が格段に楽になったそうだ。

第12章■車椅子で暮らしてみると

人の親切が身にしみる

最初に発病した二〇〇五年は、半年あまりの入院のあと車椅子を使っていた。幸い小脳出血後遺症だったため両手、両足は動くが、それを指令するところが壊れているということだったので、車椅子は五ヵ月ほど借りただけで、そのあとはウォーカー（歩行器）で、次には杖で、曲がりなりにも外出できるようになった。

車椅子での外出というのは非常に不便なものである。歩行器だと電車の乗り降り、階段の上がり下りも歩行器をかつぎ片手は介助をしてなんとかこなせるのだが、車椅子となると乗り降りには駅員の介助をお願いしないといけない。降りる駅への連絡などのため、来た電車にはすぐに乗れない。電車は一台、あるときは二台待ちになる。エスカレーターを一度止めて車椅子用に設定する、などで目的地に着くまでの所要時間は健常者の一・五倍からへたをすると二倍もかかってしまうこともあるから、当然時間の余裕をもって出かけなければいけない。

西荻窪に仮住まいしていたときは、病院にリハビリに通うときはJRの利用で西荻窪から中野まで行き、その後はタクシーだったり、バスだったりで週に三回通っていた。西荻窪はエレベーターがあり便利なのだが、中野は下りのエスカレーターがそのときはまだ設置されておらず苦労したものだ。車椅子だとほかのお客の利用を止めて車椅子用の運転に切替をするのだ。はじめのうちは、ほかのお客が階段を利用しなければいけないということで、階段を行く人の視線を感じて辛い思いだったが、そのうちに慣れた。

ある日の帰り、中野から西荻窪まで乗ったときに西荻窪の駅で駅員に迎えに出てもらえず、そのまま終点の三鷹まで行き、近くの人に助けを求めて再度西荻窪まで戻ったことがあった。たまたま二駅先が終点だったからいいようなものだが、これがもっと先まで行く電車だったらと思うとぞっとする。その後こういうことがないので安心していたら、つい先日、中野から吉祥寺まで乗ったところ、またお迎えがない。「どうしよう、お迎えがない！」と司に言ったら座席から若いお兄さんが立って私がしますと車椅子の手をもってさっとバックで降ろしてくれた。車椅子の生活になって、本当に人の好意が身にしみる。エレベーターの開くボタンを押していてもらうだけでも助かるのだ。

吉祥寺の駅員は中野からの連絡がなかったと言っていたが、こんなことは水掛け論。その点、地下鉄大江戸線は電車とホームの段差もなく、車椅子での乗降が介助なしでもできて助かる。エレベーターも必ず設置されているので利用に不安がない。練馬の家は不便なところだが、大江戸線光が丘駅ま

久々に信濃追分のホームズ像と（後方は筆者）

でタクシーで一〇〇〇円ほど、家まで呼んでも迎車料金が二〇〇八年一月から三〇〇円均一になり利用しやすくなった（以前はわが家に向かう時点でメーターを立ててくるので、家についたときにすでに初乗りが終わっていたこともしばしばだった）。

　二〇〇六年秋の再発で左の手足がどちらも完璧に動かなくなり、その後またリハビリである程度は回復したが、車椅子の生活が続いている。

　このごろは、車椅子での外出を社会の一般的なことがらとして受け入れてもらうためには積極的にお出かけするのも大事なことだと考える余裕ができた。

　車椅子を押す操作にも慣れ、外出も次第に苦にならなくなってきた。精神的な刺激がいちばんのリハビリだと私は考えているので、コンサート、美術館、演劇、エスペラント関係やホームズ・クラブの会合、大会など、とにかく機会を見つけては外出している。

車椅子トイレとエレベーター

外出で困ることは乗り物のほかにトイレがある。なぜかリハビリに通っている病院も車椅子トイレは二階のリハビリルームの近くか一階のリハビリ病棟まで行くしかなかったが、新館ができてやっと受付近くで車椅子トイレが使えるようになった。最近できたビルや駅のトイレは多目的トイレといって、おむつ換えができるスペースを備えていて便利だ。それでも、少し古いビルなどでは車椅子トイレがないときがある。

自宅では寝室にトイレがついているので一人で用を足すことがあるが、万一転んではと一応介助している。慣れないトイレならなおのこと介助が必要だ。車椅子トイレがないときには、いくら介助のためでも男性用のトイレに女性が入るのは初めはなんとも気がひけたが、いたしかたない。還暦のオバサンだからまだがまんもできるが、これがうら若い女性だったらどれほど嫌な気分だろうか、これも経験したことのない人にはわからないだろう。

エレベーターのない会場にも出向くことがある。幸いに介助があればなんとか階段を上れるので助かる。しかし、その会場の対応もまちまちだ。

あるとき武蔵野公会堂で行われているエスペラントの会合に出席した。車椅子の使い始めの慣れないころは娘も一緒に来てもらったこともあるが、いつまでもそういう生活はできない。どこへでも私一人の介助で行く。エレベーターがないことは承知していたので受付で介助を頼むと、受付の人が出てきてくれるかと思いきや、会合の主催者に連絡して、車椅子の人が来ているから介助に出るようにと電話をしたようだ。主催者の人も快く、「かついで上がるつもりでした」と若者が四、五人迎えに来てくれてありがたかった。

二〇〇七年の夏には、前にもふれたようにパシフィコ横浜で世界エスペラント大会が開催された。司はその大会の顧問を引き受けていて、何としても参加したい。会期は一週間、かなり長丁場だ。東京からそう遠くはないが予約したホテルの使い勝手なども知りたいと、その年の五月に世界大会のために予約したホテルに泊まって近くで開催されたエスペラントの会合に出席してみた。「ZAIM」というおしゃれな会場名だったのだが、もと財務省の建物だったという古い施設で、エレベーターがない。これはあらかじめ聞いていたが、まさか四階とは知らなかった。

ここの会場はどうだろうかと介助をお願いしてみると、ものすごく親切な対応で「すみません。今バリアフリー化を横浜市に申請中なのですが、対応が遅くって……」と四階まで車椅子を運びあげてくれ、司は手すりにつかまって介助で階段を上った。「戻るときには電話をください。迎えに来ます」とまで言って名刺をくれた。昼休みにはぜひご協力をと「バリアフリー化アンケート」の用紙を持って聞き取り調査をしにみえた。

帰りには「今度見えるときには事前にご連絡くだされればもっとスタッフをそろえておきます」とのお言葉。四階まで苦労して上がったことも報われた感だった。

久しぶりに山小屋で泊まってみる

二〇〇七年の夏、エスペラントの世界大会も無事八泊をホテルで過ごせた。さすがにみなとみらい地区のホテル、会場はみなバリアフリーで車椅子での移動、トイレ、食堂すべて快適だった。世界大会には車椅子利用者も何人か参加していて、おおかたは誰かが常に介助していたが、なかには介助者なしでホテルから一人タクシーで通っているという参加者もあった。思ったより宿泊したホテルが遠く、ホテル代は安かったが往復のタクシー代が大変だとこぼしておられた。このあたりもやはり事前の調査が必要となってくる。

これに自信をつけて八月下旬にはホームズ・クラブの軽井沢セミナーにも参加することにした。セミナーは土日だがその前日の金曜日はハイシーズンのためかホテルの予約がとれなかった。それならばと発病以来はじめて信濃追分にある山小屋で一泊してみようという決心をした。四季おりおりに滞在した懐かしい仕事部屋でもある。

まず病院のリハビリで布団の上からの立ち上がり方を教えてもらって臨むことにした。布団の横にテーブル、椅子などしっかりしたものを置き、そこに手をかけてまず四つんばいになりそこから立ち上がるという方法を教えてもらった。本人は「奥さんに引っ張りあげてもらうから」とさっぱり練習に気合がはいらなかったが、本番はもう必死に椅子にだきついて起き上がってくれた。不思議なもので何回か繰り返すうちにかなり上達した。日常生活のなかでのリハビリがいちばん有効だと聞いていたが、まさにそれを実感した（阿部祥子編・坂本親宣著『プロの技術で家庭リハビリ――リハビリ専門家のノウハウを教えます』ミネルヴァ書房　二〇〇七年）。

驚くべき対応のしなの鉄道

軽井沢からはタクシーで信濃追分に行ったのだが、二〇〇七年の軽井沢セミナーは軽井沢を少し離れた上山田《かみやまだ》温泉の旅館で開催されることになっていた。ここまでタクシーで行くのは費用的に無理なので、第三セクターのしなの鉄道を利用することにした。追分駅は無人のこともあるのであらかじめ軽井沢駅で聞くと、前日に小諸駅に電話で車椅子利用を伝えるようにと言われた。

乗りたい列車の時刻を知らせると、駅員が介助に出てくれることになった。また追分駅の長野行きホームへは踏み切りを渡ったところから入れるようになったとも教えてくれた。車椅子を降りて階段で反対ホームへ行くことをしなくていいのは何よりだ。また追分駅までは、ご近所のYさんがお送りしましょうとご親切なお申し出をくださった。タクシーは呼んでもこないこともあるし、ということでありがたく駅まで送っていただくことにした。また、ごく最近、総合福祉健康施設が駅の南にできて、そこの建物をぬけて駅までスロープで行かれることもわかった。そこの職員の方が親切に駅まで案内してくれたのだが、「私もここから行くのははじめてで……」と少々たよりなかったものの十分親切だった。

さて、車椅子で列車の到着を待っていると駅員が手ぶらであらわれる。

「え、スロープ板は?」と聞くと「手で持ち上げます、そのような用意はありません」との答え。列車が着くと、ホームと列車の間に四〇センチほどの段差だ。あらかじめこの段差があるとわかれば、車椅子を降りて乗るということもできたかもしれないが、もう遅い。駅員一人でどうするのという感じだったが、親切なお客の手と、たまたまそこにいた車掌さん(これがまたか弱そうな若い女性)そして私とで思い切り持ち上げた。もう車椅子が壊れるかとさえ思えた。そのうえ私は両手が使えるようにリュックを背負っているのだが、これがまたやたらに重く、私自身の体も列車に上れない。誰かが私のリュックを押し上げてくれてやっと乗り込むことができた。上山田温泉のある戸倉《とぐら》へは直通列車なく小諸で乗り換える。ここもまた段差が大きかったが、この駅では車掌さんだか男の職員四人で軽がる車椅子を列車内に入れてくれた。戸倉駅は段差が少なく楽勝だった。どこの駅も車椅子のスロープ板はなし。

「しなの鉄道の社長にスロープ板を用意するように言っておいて」と駅員に言ったが社長までこの意見が届いただろうか?

帰りも新幹線乗り換え駅にもかかわらず、しなの鉄道の上田駅にはエレベーターはなし、道なき道のようなところを案内されてやっと新幹線ホームにたどり着いた。しなの鉄道の上田駅では出迎えがなく困っていたらまわりの人が助けてくれ、車椅子を後ろ向きにさせて自力で降りた。こういうときはバックにしないと乗っている人が落ちる危険がある。こんなことも長く車椅子を押していると身につくものだ。

新幹線に乗り換えるので駅員さんを呼んできてと近くの人に依頼すると、一、二分で悪びれるふうも、遅れてすみませんでもなく駅員があらわれた。「戸倉から連絡はなかったの」と聞いたら、「連絡はあったが忘れてた」と、正直なこと!!

東京に帰ってたまたま車椅子の点検にきた福祉用具の会社の人に話すと、彼は上田の出身だそうで、「そういえば上田でずっとしなの鉄道を利用していたけれど、車椅子の人を一度も見たことがなかった」と言うのだ。

ただでさえ、一時間に一本あるかないかの列車は利用する人が少なく、自家用車は一人一台とさえいわれているこの地域だ、車椅子ならなおさら自家用車移動になるから、鉄道など利用する人はいないのだろう。こう考えたとき、あの対応の悪さも理解できた。車椅子でどんどん外出しなければ世の中はよくならないのだと意を強くした。

車椅子でもかけ流しの温泉に入りたい

あるとき雑誌『バリアフリーの温泉旅　おすすめ温泉宿58軒』（旅行読売出版社、二〇〇八年一〇月臨時増刊）というタイトルをみて近場でいい温泉があれば行きたいと早速に注文した。残念ながら行かれそうな温泉宿はみつからなかった。

あるときにかけ流しの温泉宿での会合にでるために行ったことがある。古い旅館なので風呂に入れないことは承知だったのだが、「うちの温泉に障害者の団体が来て泊まったことがあるの。歩けない人が這って温泉に入っているのを見て、本当に感激しました……」と言うのだ。

つまり「司も這って入れということ?」しかも大風呂のみでは介助のしようもないのにとがっかりしたことがあった。せっかくの源泉かけ流しの温泉に行っても部屋風呂の普通のお湯しかでない風呂に入るのがせいぜいとなる。

軽井沢でしばしば利用する東急ハーヴェストは、家族風呂の貸切料金は障害者は無料でありがたいのだが、残念ながらかけ流しの温泉ではないのだ。

同性で介助してくれる人がいれば大風呂に入れるが、私が介助するので家族風呂（手すりつき）があることが絶対に必要だ。お風呂場は滑りやすいうえに裸なのでつかむところもないから、介助も細心の注意が必要となる。せっかく家族風呂があっても手すりが付いていなかったり、その付け方が不備だったりすると非常に危険なことになる。そのうえ風情をだすためか、ときに岩などが配置してあり余計に危険がともなうのだ。

おそらくカップルや赤ちゃん連れしか想定していないような作りのところもあってがっかりした覚えもある。家族風呂の貸切料金も障害者にはぜひ免除をお願いしたいと思う。

あるホテルで「職員が障害者のお手伝いをします」とうたってあるところがあり風呂の介助をしてもらえるのかたずねたら、それはできないと。主に車椅子での移動の介助をさしているのだそうだ。

温泉旅館もこれからの高齢社会を見据えてバリアフリー化を推進してもらいたいものだ。お風呂介助のできるヘルパーの資格のある職員が配置されていたらいいのにと痛切に思った。

タクシー・バスはハードル高し

タクシーなら対応もいいだろうと一般的には思われているかもしれないが、やはり困ることもある。もちろん親切なタクシーの人も少なくないのだが、車椅子とみるなりいきなりいやな顔をされたこともあるし、自分は一センチも運転席から立たずに、後ろのトランクだけ開けて知らんぷりをされ、努力して一人で車椅子を積み込んだこともある。車椅子を積んでくれたのはいいのだが、方向が合わずにもたもたしていて、後ろのドライバーから教えられてやっと積む、蓋がしまらないからとか、縛る紐がないから降りてくれと言われたことも一度や二度ではない。

バスも時折は利用するが、車椅子スペースにすでに座っている人から睨まれたり、運転手にあからさまにいやな顔をされることもしばしばだ。なかにはものすごく親切な人もいるのだが、逆にものすごく不親切な人もいる。バスの車椅子用ステップの出し方がわからない運転手もいたし、車椅子を降りてバスに乗ったら、車椅子の上げ下ろしを手伝ってくれない運転手もいる。

バスの行き先表示の横につけている車椅子マークはなんのためと思いたくなってしまう。

立場をかえて考えるゆとりを

図書館で『世界一周クルーズの旅――なせばなる車椅子の一〇〇日間』（高山弘著　海事プレス社二〇〇一年）を見つけた。三一歳という若さで事故のため車椅子生活を余儀なくされた著者が三六年後に世界一周の旅に出たときの記録だ。そこには飛行機での海外旅行はむずかしいが船旅ならしやすいとあった。それでもかなりのご苦労があったようで、読んでいて励みになったり、参考になったりだった。その著者が参加した船旅には車椅子の方が四名おられたそうだ。荷物をもってのホテル間の移動がないから楽といえば楽だろうが、港から陸にあがっての観光にはやはり国によりかなり苦労がともなったらしい。

そのなかで、ある女性の体験談として、障害者とたまたま同じ船で一緒に旅行したが、旅行のあいだじゅう、手伝ってくれるのがあたりまえと「ありがとう」のひとこともないので腹立たしかったというエピソードが紹介されていた。

車椅子で外出すると、どうしても自分中心で協力してもらえないことに怒りを感じることもあったが、たまには立場をかえて考えるゆとりももたねばと反省した。

駅などではエレベーター利用となる。一台しかないエレベーターは混んでいるときは一台待ち、二台待ちになることもある。若くて元気そうな人が前列にいたりすると、歩いてくれればいいのにとつい恨みがましい気持ちになる。

友人のお嬢さんは足の半月板をいためてエレベーターを利用していたおり、車椅子の人から「歩けるんじゃないか」と罵声をあびたそうだ。

外見はなんでもなくとも、それぞれ何かの障害があって、あるいはすごく疲れていてエレベーターに乗っているのだと、自分も心のゆとりをもって対応しなければと少し反省もした。

雪の日のちょっといい話

ある夜、私だけである会合に出て最寄駅につくとなんと雪だった。交通も渋滞、バスはスピードを落として近づいてきた。中に電動車椅子利用の方がおられた。私より手前のバス停で降りるようで、バスの運転手さんがステップを出している。その横にもう一人手助けの人がいる。「さすがだ。こういう日はバスの会社の人が降りるバス停まできて介助するんだ」と私は思った。傘を広げるのを手伝い雪のなかにおりた車椅子の人に渡した。バスの運転手さんが戻り、私がバスの係員と思った人もまたバスに乗ってきた。なんと乗客の人が降りて手伝っていたのだった。世の中こういう親切な人もいるのだと感動してしまった。それにしても宵の口から急に降り出した雪には電動車椅子の方はさぞかし難儀されたことだろう。

その翌日、私たちも近くに出かけたのだが、雪の残っているところは車椅子の扱いがかなりむずかしかった。たまの雪だからいいけれど、雪国の人は大変だろうと改めて思った。

第13章■納得できない医療制度・介護保険

リハビリは六ヵ月で打ち切り!?

脳卒中後のリハビリは発症六ヵ月までとの通達が厚生労働省から出て、二〇〇七年三月には通院のリハビリが打ち切りになるということをJ病院の担当の理学療法士から告げられた。さてどうしたものか、今リハビリを打ち切ったら、家で何もせずに疲れたといって寝ているだけになってしまうかもしれないと不安になった。

その後、主治医から特別の指示（除外規定、リハビリを続ければさらなる改善がみられることが確かであるという意見書）があれば病院でリハビリが続けられるということを教えてもらって、幸いにもJ病院でのリハビリを続けることができた。ただしリハビリをしていることにより改善がみられたというチェックを三ヵ月ごとに出さなければいけない（この除外規定のことは理学療法士からは知らせてもらえなかったが、たまたま入院中に同じ病棟にいた患者さんが教えてくれた）。

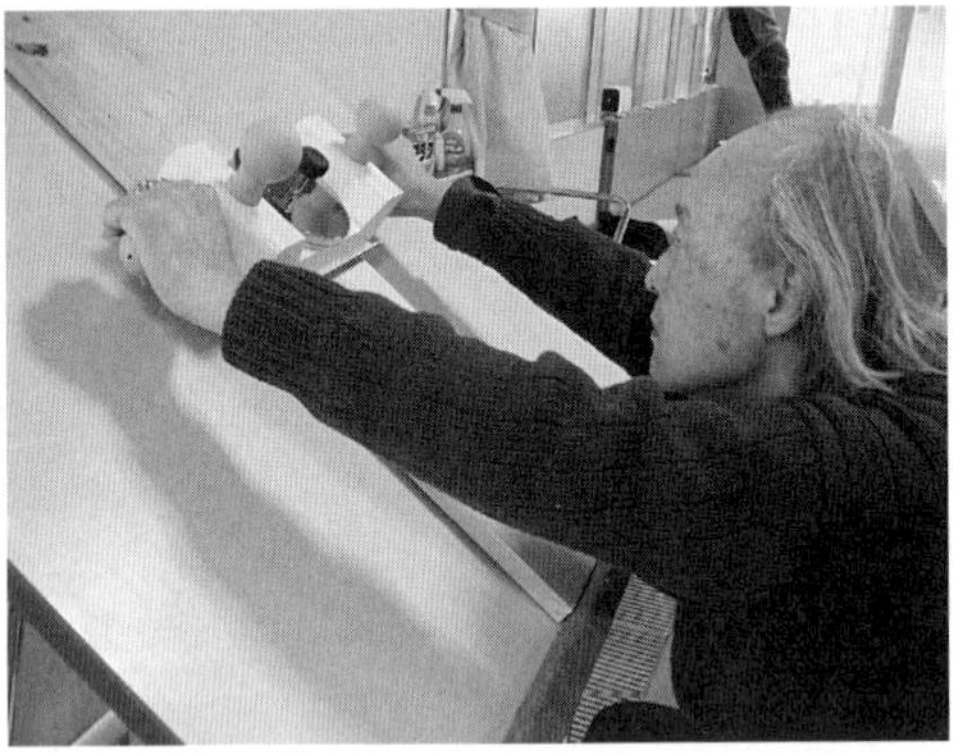

作業療法に励む。（2009 年 3 月、大泉生協病院にて）

この通達によって、脳卒中の場合は発症から六ヵ月間は今までの一・五倍のリハビリが受けられるようになったというメリットもあるが、そのぶん、六ヵ月経過後はリハビリは受けられないという仕組みに変更になったというわけだ。新聞には「今まで一日二時間だったのが国際基準並みの三時間に変更になった」と初台リハビリテーション病院の理事長石川誠さんがコメントされていた（朝日新聞、二〇〇七年三月一三日「どうする？　リハビリ」）。J病院の場合、作業療法はほぼ一時間（作業療法士はつききりではなく一人で二人くらい同時にみていることもある）だが、理学療法のほうは長くて三〇分、下手をすると二〇分くらいのこともある。まあこういうリハビリをしてもらう時間も、その病院によってまちまちなのだろう。

急性期に手あついリハビリをしてもらえるのはありがたいことだが、だからといってあとは介護におまかせといわれても困る人が続出だろう。実際に、介護保険で運用されている通所リハビリテーション施設もあることはあるが、聞き合わせた施設は「自立していて、自分で立てる人だけ」という制限があるし、訪問リハビリは慢性的な理学療法士不足だ。受け皿がないのに病院のリハビリが一方的に中止になれば、症状が悪化する人も出てくるのは当然の結果としか思えない。

司は入院しているときには一・五倍のリハビリを受けるという恩恵に浴さず、六ヵ月でリハビリ打ち切りとなってしまうのではなんとも納得がいかない話だ。

医療保険か、介護保険か

そして、今度は二〇〇七年四月からは医療保険でリハビリを受けている人は介護保険でのリハビリは受けられない、どちらかを選択するようにとの連絡を病院でもらった。それまでは介護保険でのリハビリは看護師が週に一回一時間来てくれていたが、せいぜい家のなかを声かけして歩く程度で、一度くらいは外に出たか出ないかで、そう効果があるようには思えなかった。看護師ならもっとほかの需要もあるだろうし、ということで通院リハビリのほうを選択し、介護保険での看護師によるリハビリは中止にした。

こんなところにも、高齢者の医療費が増大していることからくる締め付けがみられる。医療保険と介護保険という財源の出所の異なる保険を上手に組み合わせて使えるような利用者本位の根本的な施策が必要なのだと痛感した。

二〇〇八年四月からは七五歳以上の高齢者対象の医療保険、後期高齢者医療制度が発足した。政府はあわてて「長寿」と読み替えるとかの提唱をしたが、なんとも心ない命名のうえ、今まで扶養家族で健康保険料金が必要のなかった人からも保険料を徴収する、保険料は厚生年金など年金からの天引

和紙をちぎってじっくり１枚の絵を仕上げる

きで徴収もれのないようにするというシステムになった。高齢者医療費の増大への対処法としての対策だろうが、これ以上の弱いものいじめはやめにしてもらいたいとつくづく思う。

リハビリがわりに区民館でちぎり絵、体操

病院でのリハビリ中止といわれた当初、それに代わるものはないかとあちこち探しているときに二つのものに出会った。ひとつは「ちぎり絵」で、すぐ近くの区民館で体験講座があるという。しかも体験講座は二回で、すでに一回は終了していた。頼み込んで二回目の体験講座から入れてもらい、その後は一月に一回だが二人で参加している。ほぼ三時間じっくりお手本とにらめっこで和紙をちぎって一枚の絵を仕上げる。お手本どおりにはいかないが、見よう見まねでなんとか仕上げるのが楽しみだ。司はもともと絵心のある人なのでいやではなさそうだ。私も思いがけず新しい趣味がひとつ増えた。

もうひとつは「自立支援体操教室」で、こちらも同じく区民館での講座だ。指導の先生がみえて約七〇分間音楽に合わせて手足の運動などをする。高齢者が対象なので無理なくできる。車椅子で見学に行ったのだが快く受け入れてくださるとのことで、こちらも二人で入会した。二人とも運動は苦手

だが少しは鍛えないと。さっそく今まで週三回通っていた病院のリハビリをとりあえず二回にしてもらって入会した。会のお世話をされている方は八五歳だとか。元気でこの講座がないときには水泳に行ったり、カラオケに行ったりされているそうだ。脳出血を二度経験したという方もちょうど同じ日に見学にみえて入会された。この方は杖を使ってご自分で歩いてみえる。音楽にあわせて筋肉を鍛え、転倒の予防を図ろうというのが趣旨で月会費は二〇〇〇円。お休みしたときにはほかの会場で開かれている講座に振替で出席できるシステムになっている（練馬区内の区民館などにいくつか講座がある）。指導の先生もその本部から派遣されて来ている。たまたま行きつけのパン屋さんでポスターを見つけて入会をお願いした。

近いといっても区民館までは歩いて五、六分かかる。雨の日はどちらも自主休講にしている。車椅子は両手で押すので傘はさせないのだ。車椅子用のカッパとか傘とかもあるそうだが、どちらもそう需要がないせいか一万円ほどもするので購入は止めた。

使いにくい介護保険

病院から退院すると、在宅介護が始まる。介護保険が介護度に応じて利用できる点数が提示され、その後、本人と家族の希望に応じてケアマネージャー（介護支援専門員）がそのサービスが行われるように取り仕切ってくれる。このケアマネージャーが介護保険では大きな力をもっている。まず私はとにかくヘルパーさんの派遣をできるだけ多くしてほしいということを初めから依頼していた。

しかし、介護保険の利用者への締め付けは厳しくなる一途で、とくに同居家族がある場合はどうがんばっても一日二時間三〇分しかヘルパーの派遣ができないというのだ。

ちょっと私自身が病院に行きたい、施設に入所中の母の見舞いに行きたい、買い物に行きたい、そんなときは歩行困難な司を一人残して行くのはなんとも心残りだが、そういう要望には対応してもらえないのが実情だ。介護保険の点数が余っていても運用上それは許されない。

あとは私費で一時間二〇〇〇円から二一〇〇円（プラス交通費が必要な事業所もある）の負担でということになる。二時間三〇分以上かかる自分の病院受診、母の見舞い、買い物などのためのヘルパー派遣は私費でまかなわなければならない。この不便さを私の住む練馬区の区長に「区長への手紙」で訴えた。しかしその返事は「介護保険は一定の運用基準があるので、通所のデイサービスやショートステイを利用せよ」とのことだった。司は集団生活を好まないのでデイサービスなどには不向きなのだ。わがままといわれればそれまでだが、社会福祉サービスの原則である個別性重視の視点から私はデイサービスは利用したくない。

「介護する人」への支援がほしい

介護保険とはあくまでも介護される人が中心で、介護する人の都合はまったく無視されている。母が入院していて見舞いに行きたくてもだめ（九二歳の母は二〇〇七年からすでに五回の入退院を繰り返している）、もしやなにか特別のサービスがあるかとケアマネージャーに「万一、母が亡くなって葬儀になったときには何かの支援があるか」と電話で聞き合わせたときには「それはない」のひとことだった。一人っ子でだれもほかに母の面倒を見る人がいないのだがと説明しても、なんともつれない返事にがっかりした。介護保険などこんなもの、ないよりましと思えということなのかと割り切れない気持ちに襲われた。もう少し介護する家族サイドの視点に立った柔軟な対応ができないものかと思ってしまう。

特別養護老人ホームにお世話になっている九二歳の母のこともいつも気がかりだ。

後日にもう一度ケアマネの事務所を訪ねた折には、前回の電話の人とは別のケアマネさんが「そのときには緊急でショートステイを利用できるように施設を必ず探してあげるから心配しないで」と言ってくれた。

二〇〇八年四月から、東京都の渋谷区では介護保険で認められない部分を区が独自に負担するサービスを開始するという記事を見て、さっそく渋谷区からそのチラシを取り寄せ、練馬区の区議会議員の高齢者・医療担当委員会に練馬区でも渋谷区と同様の支援を検討してほしいという要望を伝えてみた。どういう結果が出るだろうか（二〇〇九年七月現在は何の変化もなし）。

おりしも、カトリック新聞二〇〇八年三月九日の一面には「介護者にも支援を」という記事が掲載された。ローマでは教皇ベネディクト一六世が「すべての人が医療ケアを保障されるべきだが、患者の家族に対しても特別な配慮が必要」とバチカン主催の国際会議で述べたのだそうだ。介護をする側の支援も必要だというのは国際的な流れであるようだ。

介護保険料の財源は個人負担の他、国と市町村も負担している公的保険だから、いいかげんな運用はできない。だから同居家族がいればこれもできない、あれもできないと事業者みずからが神経質になって家族を締め付けているようにも思えてならないのが正直な感想だ。

「食べさせる」を「食べてもらう」に

ヘルパーさんの言葉づかいが気になることがしばしばある。

「なにを食べさせますか?」と私に聞かれることも多い。介護保険の利用者の本人には意思がない、という認識のあらわれなのだろう。なぜ「なにを食べてもらいますか?」と利用者中心の表現ができないのだろうか。こんな小さなことでも家族は悲しい思いをしているのを事業者や介護の現場の人は知っているのだろうか。

「なにを食べさせますか」「おふろでは着替えさせますか」こういう表現が毎日まかりとおっている。これにいちいち文句を言ったらヘルパーさんに嫌われてもう来てもらえなくなるので、そのつどぐっと気持ちをこらえている。そんなおりふとテレビをつけるとNHKの「らくらく介護」だかの番組だった。では「車椅子へ移動させるときのコツを……」と言っている。「NHKよ、おまえもか!!」と思いさっそくお客様のご意見窓口に電話をしてしまった。

なぜ、「車椅子へ移動してもらうときの」と患者の気持ちにそった言葉づかいができないのだろうか。

別の日の同じ時間帯で同じ番組だろう、同じ人が食事介助の話をしていたら、また「食べさせるときは」と言っていた。こんなに利用者本位の食事ケアの話をするのだったら、せめて「食べてもらうとき」となぜ言えないのかと寂しくなってしまう。

ヘルパーさんに頼めないこと

二〇〇五年の発病からはや四年余りが経過する。途中再発もあったが二〇〇九年まで無事過ごせた。そのなかで介護保険の運用基準が変更になったとかでヘルパー派遣の時間は一日の上限が二時間三〇分になった。リハビリのための通院、そのほかの都合でヘルパーの派遣も毎週固定ではなく、時間帯の若干の変更やお休みを、前月末ごろにケアマネージャーに連絡する。するとケアマネージャーがヘルパー派遣事業所に連絡してヘルパーが派遣されてくるという流れになっている。

このヘルパー派遣事業所は規模も大小さまざまで、確実にもうかる業種ということで大手の企業がこの部門に乗り出してきている。

「コムスン」という全国でも最大手のヘルパー派遣事業所が架空請求などの不正を働いていたことが大きく報じられて、いわゆるこの業界に「コムスンショック」が走った。今まで介護保険でできていたことも、自己規制で「これもできません、あれもできません」となり、ヘルパーの裁量で今まで良しとしていたことがだめになった。事業所、ケアマネージャーは過剰なまでに神経質になり、すべて区にお伺いをたてるということにもなってきた。

もし万一介護保険で認められないサービスを提供した場合には、事業所は介護保険料の一部を返納することになるのだそうだ。

その一例だが、「近くのコンビニに車椅子を押してもらって新聞を買いにいくのは、新聞は生活必需品としてぎりぎり認められるからいいだろうが、そのついでに予約しているパソコン雑誌を受け取ることはできない。なぜならパソコン雑誌は生活必需品ではなく趣味だから」とこんな具合だ。そして「それは奥さんがしてほしい」という言葉が続く。介護を担っている家族は目減りしない介護者だと思っているのだろうか。

理想のヘルパーはどこに？

そのなかで、西荻窪の仮住まいからのおつきあいだったこの業界最大手のひとつ「Y社」はもうヘルパーは派遣できないとわが家から撤退していった。

大手は何人ものヘルパーをかかえていて、派遣されてくる担当者がころころ変わる。慣れたと思うとハイまた次の人という具合で、その応対もかなりのストレスだった。そのなかで、まさに「ヘルパーの鑑《かがみ》」のような人にも出会ったが、大方は今は名前も思い出せないような関係だった。この事業所自体もつぎつぎにヘルパーがやめていって困っているという話でもあった。

Y社と平行してIT企業が経営主体のA社が入ってきた。こちらのヘルパーは二十歳そこそこの新人の男の子だった。料理や私費で頼んだ掃除はからきし苦手なようだが、この若さで自転車をこいで各家庭をまわって、ときにはおむつ交換もしているというのは見上げたものと思い、将来に期待することにした。土日が担当の会社のせいか、事業所長と彼と、最近また新人の若い男の子が来ただけで、入れ代わり立ち代わりということはない。ほぼ一定のヘルパーが来てくれるというのはこちらにも安心感があった（二〇〇九年一月突然、日曜日は派遣できないと通知があり、ヘルパーも変更になった）。もう一社はT社でこちらもどこかの会社がヘルパー部門を立ち上げたようだ。こちらは、ヘルパーは入れ代わり立ち代わり、誰が来るか予定表をくれと言ってもなかなかくれず、来てみなければわからないというありさま。何回か言ってやっと予定表が届くようになった。

どうにもこうにも相性の合わないヘルパーが来て、代えてもらうように交渉したこともあった。Y社のときにも、そういうどうしても相性の合わない人が来て代えてもらった。人間だからどうしても我慢ができないこともある。こちらにしてみれば、同じ料金負担でなぜこんなに違いがあるのかという不満も出てくる。

一方、ヘルパーの側からいえば、いつキャンセルが入るかわからない、移動の時間は料金にならない、寒くても自家用車の利用は認められない（地域や会社によっては自家用車でもいいところもあるようだが）、時給も一三〇〇円程度と専門職にしては低い、しかも一家庭の訪問時間がときには三〇分、一時間で、二時間三〇分まとめて入ることのほうがまれ、となれば働きに対する賃金の効率は悪く、なり手が少ないこともうなずける。資格があればパートでなく、常勤などもっと割のいい仕事に代わろうという人が出ても決しておかしいことではない。必要年数の経験を積んだら、自らがケアマネージャーの資格を取得して事業所を立ち上げる人も出たりして、流動も激しいようだ。

もう少し介護事業のなかでのヘルパーの位置づけから変えていかなければ、わが家に理想のヘルパーが来ることなどあり得ないだろうなというのが実感だ。

深刻なヘルパー不足

介護を受けはじめた西荻窪では感じなかったのだが、次第にヘルパー不足が深刻化してきた。Y社撤退のあとのT社、A社ともにヘルパー不足だそうで、二〇〇九年に入ると、急に依頼したサービスにヘルパーが来られないという大ピンチに見舞われた。

大手のY社からT社に代わったときには土曜日も日曜日も大丈夫です、私費での延長も受けますと言っていた。A社が主に土曜、日曜のサービスに入っていたのでT社は平日の昼を主に週二回一時間三〇分、私が定期的に出かける日にお願いしている。土、日はまとめてサービスに二時間三〇分入ってもらい昼食とお風呂などをお願いして、土曜日にはときおり私費でのヘルパーをお願いして、夕方まで月に一回くらいの割でお茶のお稽古に行ったり、あるいは母の見舞い、墓参り、自分の病院通いなどにあてていた。

年に数回は日曜日には教会にも行った。ここにきて、土曜日も日曜日も今までどおりにまとまった時間帯でのヘルパー派遣は無理ということになりほとほと困ってしまったが、その後ケアマネさんが新しい事業所をみつけてくれてひと息つけた。

この問題は、わが家だけの問題ではなく全国的になっている。「リュウマチがひどく食事づくりにヘルパーの介助が必要な人だが朝、昼、晩と事業所が変わる。朝八時に依頼してもやりくりがつかず、朝食は一〇時で、昼食は一二時にヘルパーがくるということもある。朝、昼、晩と同じ事業所がひきうけることが難しくなっていて『朝は行けるけれど、夕方は無理』というありさまでケアマネは事業所さがしに苦心していて、また事業所が変わればサービス内容も変わり、利用者からは不満がでる」という記事が二〇〇九年一月一七日の朝日新聞の「ヘルパーの人繰り限界寸前」という表題であった。

ヘルパーさんがやっと慣れたと思うと何かの理由で代わらねばならない状況が起こる。司もほとほといやになってしまって「もうヘルパーはいらない。飯は握りめしでも菓子パンでもいい。風呂も入らなくてもいい」と悲鳴をあげた。そう言われてもそういうわけにもいかないし、歩行困難な人を置いての長時間の留守はできないし、ましてそれが自分の用事となればなおさら外出はできない。

老後の安心・安全などまったく見込めない。介護保険はないよりはましの絵に描いた餅とさえ思えてくる。

リハビリは人生と同じ

「XXさんは病院を退院してから毎日家のまわりを朝夕一時間散歩して、今では一人で電車にまで乗れるようになった」などいう話を聞くと、心は穏やかではない。

これはまさに「教育ママ根性」というものなのだろう。

「うちはなぜいつまでも歩けないの、どうしてリハビリをいやがるの、自分から進んでしてくれればいいのに」とあせってしまう。

脳卒中の後遺症ほど一人一人がそれぞれに微妙に違うものはないはずなのに。そんななかで二冊の体験記を読みかなり参考にもなったが、逆に「え、うちのリハビリはどうなの」と疑問に思ったり、「うちももっとがんばってくれればいいのに」と思ったり、やはり気持ちは教育ママから逃れられずにいる。

ひとつは藤本建夫・藤本芳子著『脳卒中リハビリ奮戦記』（ミネルヴァ書房、二九三頁、二〇〇二年）。現役の大学の先生が五〇代の若さで脳出血で倒れられたが、幸いにリハビリに成功して大学に見事に復帰されるまでの様子をご夫婦で綴っておられる。手術はされなかったようだが、記憶障害なども乗り越えてご自身が熱心にリハビリに取り組まれた様子がよくわかった。

若くして倒れられた方はそれだけ体力もあるのか、そのぶんリハビリも進むし、回復も早いようにも感じられる。病前にスポーツが好きな人はいわれなくともリハビリに励んでいるようにも見える。この著者もスキーが趣味だったそうで、水中ウォーク、水泳などもされたようだ。

この本を読んで私もさっそくスポーツクラブに下見に行ったが、「俺は運動は嫌いだ」のひとことで受け付けてはくれなかった。スポーツクラブでは車椅子の人でも水泳教室や、専属トレーナーを付けてのトレーニングなど受け入れてくれるということだったのに残念に思った。

もう一冊は鶴見和子さんのリハビリ体験を、担当のリハビリテーション医の上田敏さんと大川弥生さんとそして鶴見さん自身が加わり、三名の鼎談にして本にまとめたもので『回生を生きる——本当のリハビリテーションに出会って』(三輪書店、二三七頁、一九九八年)だ。はじめ老人ホームで車椅子の生活を送っておられた鶴見さんが、素晴らしいリハビリテーション医との出会いから一人でりんごの皮をむいて食べられるようになり、特殊な杖で歩けるようになるさまが語られている。

鶴見さんの担当のリハビリテーション医の熱意には頭がさがった。振り返ってみれば、うちはこの長い入院生活でも通院でも、リハビリテーション医の指導など一度もなかった(鹿教湯《かけゆ》病院のリハビリテーション医のIさんは別として)。通院しているJ病院が、リハビリテーション医の求人広告を出しているのを新聞で見たけれど応募がなかったらしい。結局、理学療法士と作業療法士がすべてを切り盛りしているという感じだ。

まあ、すばらしいリハビリ医に出会ったからこそこういう本も出たのだろうけれど。

リハビリも人生と同じで、こちらをしたほうがよかったのか、別の方法がよかったのかは比べられない。この道がよかったと信じるほかないというわけなのだ。

長嶋さんの「闘うリハビリ」

二〇〇八年二月一〇日から二夜連続で、ＮＨＫテレビで「闘うリハビリ」と題した放送があった。司より一年ほど前に脳梗塞で倒れた野球の長嶋茂雄さんが、「いま頑張ってリハビリを続けている日本全国二〇〇万人の人へのメッセージ」ということで出演されていた。

長嶋さんはその一年前にテレビで見たときは杖で歩いておられたが、今回は杖なしでしっかりとした足取りだった。そして言った。

「次は走る姿をお見せします。リハビリは一日休むと二日分戻ります。だから毎日続けます」

テレビでは、機械を使いながら熱心に走るリハビリをする姿が映し出された。

はて、病院でだろうか？　病院なら脳梗塞は発病後一八〇日しかリハビリは受けられないが。回復の見込みありということで除外規定が適用されているのだろうか。それにしても毎日となるとどうなのだろう。それともまったくプライベートにスポーツジムでリハビリをされているのだろうか？　もしかしたらご自宅にリハビリ施設があるのでは？　長嶋さんのような方なら私費でのリハビリでもきっと対応できるのだろうなと思った。

その反面、理想のリハビリを受けられる人はほんの一握りとも実感した。

熱心になりすぎない

あるとき、介護に熱心になりすぎないことも肝心だという記事をみた。そこには、「介護」がなくなるということはその人がいなくなるということを意味するのだからとあった。熱心にがんばりすぎてあれもこれもとしていると、介護疲れで立ち行かなくなってしまう。

実際、調子のいいときはいいのだが、食事の時間に「眠いから食べたくない」などと言われてテーブルのまえで居眠りをしそうになってしまわれると、こちらも泣きたくなってしまう。どうしても起きたくないと言ってベッドから起き上がってくれないときもある。

二人だけだとまさに密室状態だ。「起きなさいよ!!」「ごはん食べてよ!!」とつい大きな声を出してしまう。実際に、介護疲れから「虐待」が起きたり最悪「殺人」までが引き起こされている現実もある。それさえも他人事とは思えない。

やっとよくなったと思っていた矢先に脳梗塞を起こして、再入院になったときには、今までの「努力が水泡に帰した」という喪失感やらなにやらで、これまで経験したことのないほどひどいうつ状態も体験した。朝、起き上がれない、動くことも話すこともできなくなってしまい、私の精神科の主治医のところへ駆け込んだりもした。長い間、電話で人と話すことができず必要なことは携帯メールでの連絡にしていた。

もう少し距離をおいて考えることができればよかったのではと今は思える。その最悪のうつ状態でベッドから起き上がれなくなったとき、愛猫のミーちゃんが「ミー」と横たわっていた私の布団にもぐり込んできて慰めてくれたことを忘れられない。それまではそんなことをしたことのない猫だった。二匹飼っている猫のうちの一匹で、いつもはおっとりしているのだが、こういうときの人の心がよくわかるようだ。

脳卒中で右手が不自由になり、左手だけでのピアノ演奏活動をされている舘野泉《たてのいずみ》さんが、体験談（「開かれた扉　「左手のピアニスト」舘野泉さんの心の軌跡」『婦人之友』二〇〇八年四月号）のなかで、フィンランドの病院から一時帰宅がゆるされたときに「猫のヒルが私に添い寝をして離れないのです。

本能的に何かを感じたのでしょう。」と語っておられ、猫の習性は国際的に同じなのだと納得した。

介護者のストレス発散三原則

たまたま目にした『脳卒中が起こったら』（竹内孝仁監修、講談社、二〇〇一年）のなかに「介護する人のストレス発散法」という一ページがあった。

そこには「介護は一人で抱え込まない」「介護者に必要なものは「休養・周囲の理解・周囲の支援」とあった。さらに「なんでもケアマネージャーに相談して」ともあった。ストレス発散の三原則は介護から解放される「時間」。愚痴を言ったりできる友人など「人」。ショッピングや友人とのおしゃべりや、外出したりの「気分転換」ともあった。まさに理想はそうだろうけれど「現実はそんなに甘くはないよ」というのが実感だった（この本は脳卒中後遺症があっても一人で外出できるまでに回復した人を想定している）。

「介護は家族で、地域で」などという掛け声もよく聞くが、私の場合、実際問題として、家族（娘たち）の協力を得ることはほとんど不可能だ。みなそれぞれの家族があり仕事があり、遠方に住んでいて、子育て中でもある。ヘルパーがどうしても手配できないときに、年に数回の協力を頼むことが精一杯というのが現実だ。それでも仕事がめちゃめちゃ忙しい長女と著述業の末娘の二人が現在結婚していないので、司との泊りがけの外出の際には、犬と猫のお守りに都合をつけて来てくれるのがありがたい。

「幸せでないと歌えない」

ひとときは私の趣味の世界はほとんどすべてを棚上げにしてしまっていた。今までの世界がカラーだったとしたら、急に白黒になったような喪失感も体験した。それでも、介護生活二年目あたりから近場でのコーラスに復帰したが、歌っても何か前ほどの充実感がない。決して上手ではないが合唱歴は二〇年、仲間には本当に支えてもらったのだが……。その昔、「幸せでないと歌えない」と言って退会されていった人の気持ちが今はよくわかる。電車バスを乗り継いで通っていたキリスト教系の合唱団はずっとお休みのまま（私費ヘルパーを頼んで行ってみたいと思ってはいるが……そのヘルパー費用がコーラスに一回参加すると四〇〇〇円以上かと思うと足も遠のきがち。そのうえに、土曜日は私費のヘルパーの手配もむずかしく、コーラスはお休みのまま）、けっこう好きだったお茶も同様、私費ヘルパー代にめげ月に一回行かれればよしとしている。せめて信仰生活は守りたいと思ってもまたこちらも同様。教会まで足を運ぶのも年に二、三回、復活祭とクリスマスくらいになってしまっている。

そんななかで、二〇〇七年暮れにはギックリ腰に、二〇〇八年年頭には風邪、三月にまた風邪を引いてしまった。なんとか生活が流れているのでほっとしたせいだろうか。

その都度ケアマネージャーに電話を入れて、ヘルパーの依頼できる枠内での追加をお願いした。いずれのときにも私が寝込んでしまって食事の支度ができない。司は用意してあげなければ自分で食事をすることができない。薬も決められたものを手渡さなければ自分で飲むことはできない。こういうときがいちばん困る（ちなみにこういう場合でも介護保険でのヘルパーがするのはもちろん司の食事の用意のみ）。

幸い風邪とかギックリ腰とか平凡な病気でよかったが、私自身が入院にでもなったら大変なことになり、今までの生活は立ち行かなくなる。

映画監督の大島渚さんの介護をすでに一〇年以上続けておられる小山明子さんも、エッセー『パパはマイナス五〇点』（集英社、二〇〇五年）やテレビ、雑誌で、ご自身がひどい介護うつを経験されたことをふまえて、しきりに介護者の息抜きをすすめておられる。

これからも長く続くだろう（逆に長く続かなかったら困る）介護の日々だからこそ、自分のための「わたし」時間を作ることにも、そろそろ本気で取り組まなければと思っている。

最終章■「このベッドで死にたい」

箱根でがんばりすぎ?

季節もいいし、体調もいい、歩行練習もウォーカーでわが家のまわりをヘルパーさんと三周できるようになった。一周二〇〇メートルくらいだから随分歩けるようになったと、ヘルパーさんも喜んでくれていた。

そんななかで、箱根まで行ってみようと思い立った。軽井沢へは、山小屋の点検と、置いてある資料を見るために時折でかけていた。軽井沢へは東京駅から新幹線で一時間ほどで行かれ、出かけるには手ごろなところだった。いつも東急ハーヴェストを利用している。利用する一番の理由は家族風呂があり、体が不自由な人の利用は無料ということである。食堂、エレベーターも車椅子で利用しやすい。

箱根なら元気なときにも二、三回利用したことがあり様子もわかっているし、司の長年の友人のH

さんが最近箱根に転居したこともあり、一度訪ねてみたいという希望もあった。

六月紫陽花がきれいな箱根へ出発した。いろいろな都合で日曜日出発となった。新宿は入り組んでいて、大江戸線で新宿まで行くと不便なので、わざわざ東中野で乗換え、ＪＲで新宿に出て、そこから小田急線ロマンスカーまで案内してもらった。会社が変わると、ＪＲの職員は小田急線の改札口まで、そこからは小田急線職員の案内となる。この引継ぎもけっこうめんどうだ。

箱根湯本から今度は登山鉄道に乗って、強羅《ごうら》へ。軽井沢に比べると乗り換え数も多く、たどり着くまでも大変だった。強羅へは友人が車で迎えに出てくれお宅まで案内してくださり、ホテルまでも送ってもらえて大いに助かった。

久々の箱根に浮き浮きした。翌日はホテル近くに新しくできたミュージアムへ。午後は湿生花園にも行った。その次の日は友人がポーラ美術館に案内してくれた。大好きなシャガール展をゆっくり楽しむことができた。

家族風呂の予約の時刻を過ぎてしまったので部屋風呂にした。ここのバリアフリールームは実にひろびろしていて快適でそのうえ部屋風呂でも温泉がでるというのがうれしかった。

翌朝、私がまだうとうとしているときに大好物のマカデミアンナッツの缶をみつけた司がこれを食べた。毎日一〇粒ほど食べると調子がいいといって持参したものだった。どのくらい一度に食べたのだろうか。

しばらくすると下痢になってしまった。これは大変なことだ。今日帰るというのに。朝食を抜いたらそのままおさまったようで安心した。

帰りは新宿までの直通バスで帰るほうが楽だとすすめられてそのようにした。予約もいらず、バス停で乗ればいい、バスにはトイレもついているせいか、途中の休憩もなく二時間で新宿駅まで到着した。


「俺は今晩死ぬ」


下痢はおさまったものの、何か体調が整わない。そんななかで私が急に虫歯の痛みに襲われた。虫歯は我慢がならず火曜日、フルートのなみちゃんが来ている三時に出発した。夕方五時からはヘルパーさんが来てお風呂に入れてくださるし、なみちゃんも三時半ごろまではいてくれたのでほんの二時間にも満たない間が一人になった。歯医者は青山一丁目で往復だけでも二時間はかかり家には六時少しすぎ、ヘルパーさんも帰っていた。

家に帰るとベッドで寝ていた。風呂のあとなので疲れているのだろうと思った。「ただいま」と声をかけても寝ている。やっと返事をしたと思ったら、

「俺は今晩死ぬ」と言う。

「どうして？」と聞くとそういう気がすると言い、ぐったりしている。

心配になり救急車で病院に行きましょうと言うと、

「この部屋で死にたい、管などつけられて病院で死ぬのなどまっぴらだ」

たしかにそうかもしれない。末娘に電話をいれると、

「なにをとろとろしているの。早く救急車呼んで病院に行きなよ」と言う。

とにかく娘にタクシーで家まで来てと頼む。

再発のときにもアドバイスをもらった弟にも電話をすると、早く救急車で日大板橋に行ったほうがいいと言う。再発のときにははじめに順天堂大学に行きそのあとで日大板橋病院を受診したときに、初めから日大に行くべきだったと諭されたこともあり、今回は早速に日大に電話を入れた。

症状を話すと現在手術中で受け入れはできない、その症状ならいつもかかりつけているJ病院に、行くようにとの指示であった。救急車の患者の受け入れがむずかしいというニュース（二〇〇八年一〇月妊婦で脳出血を起こした方が病院をたらい回しにされて赤ちゃんは無事だったが妊婦は死亡した）が毎日流れている頃の話だ。過去二回の救急車での搬送が非常にうまくいったのは運がよかったのだと改めて思う。

J病院に事情を話すと、「ではおいでください」とのこと。娘もタクシーで駆けつけてくれて、救急車を呼ぶ。もしかしたら今晩は病院に泊まりになるかもしれない。とにかく、いつもお世話になっている宇都宮さん宅に電話で事情を話す。

「うちの車で送ります」と言ってくださったが救急車のほうがいざというときにいいのでとお断りした。

救急車はすぐに到着した。

救急隊の方に「ぼくは大丈夫ですからお帰りください」と司が言うのにはこちらが困ってしまった。「ご家族の方が心配しておられますのでとにかく病院まで行きましょう」と、親切な対応をしてもらい非常にありがたかった。

救急車の案内に宇都宮さんが路上で待っていてくださり助かった。娘も入り口付近の資料の入ったダンボールをかたづけたり大忙しだ。犬、猫を家の中に残して、心配そうに駆けつけてくれた二、三人のご近所の方に見送られて救急車で病院に向かう。

病院入り口には看護師さんと事務の人が出て待っていた。カルテもう出ていてすぐに当直の女性医師二名が診察してくれた。本人は僕は医者だ、もう大丈夫だとか言い出す始末だ。

「今晩死ぬはどうなったの」と聞くと「あのときはそういう気がした」と。

とにかくCTをすぐに撮りましょうということで二、三〇分で結果が出て異常なしだった。

「変だったら明日MRIの検査をしましょう」ということで帰された。帰りはタクシーで無事に家に戻る。宇都宮さんに結果をタクシー内から電話をしたらまた家の前で待っていてくださって、階段をあがるのにこれを使うといいからと柔道着の帯を貸してくださる。

自宅のベッドに戻り、とにかく一件落着した。そういえば夕食がまだだった。夜は一〇時をまわっていたが、ほっとしたら急に空腹になり娘と遅い夕食をとった。

MRI異常なし

翌日またタクシーで病院に行き、MRIの予約を入れてもらい、木曜日には早速検査となった。検査のあと、たまたまその日、主治医の武先生の予約があり、すぐに結果も見てもらえた。最新の機器で前回からの変化があればその旨が表示されるのだとか。結果は異常なし、本当に安心した。

この件でひとつ学んだことがある。それは本人が望んでいるかたちの終末を迎えるということがいかにむずかしいかということだ。

たしかに司は自分の意思で「俺はこの部屋で、このベッドで死にたい」と言った。これを尊重するのなら、救急車を呼んだこと、病院に運んだことはまったく本人が希望していないことだった。病院に行けば助かる命なら助けたいし、一日でも長く命があってほしいというのが私の願いだ。その願いをかなえるためなら、本人の希望を無視して病院に運ぶことになる。もし重病だったら、病院に行けばチューブだらけになる。それでも病院に行くのか？　今回は大事にいたらず、その後、また普通に生活ができるようになったからいいが、大きな課題をつきつけられた境地だ。

この命だれのもの

自分で呼吸ができなくなる患者に装着する人工呼吸器という装置がある。筋肉が動かなくなるALS（筋萎縮性側索硬化症）という難病をかかえ、人工呼吸器をつけながらも瞬きなどで自分の意思を疎通されている患者さんのドキュメンタリーをみたことがある。その方は呼吸器をつけたまま家族と外出し、患者の実情を訴えるための会合にも参加されていた。

自発呼吸ができなくなった時点で呼吸器をつけないまま、それを天寿とするというのもひとつの選択だが、呼吸器さえつければまだまださまざまな活動ができるという患者もいる。

だから、呼吸器をつけるかどうかというのは大決断なのだ。たとえ患者が呼吸器をつける延命を望まないとしても軽々しくは扱えない。またいったん呼吸器をつければ、途中でそれをはずすことは、あとから、患者みずから、あるいは家族がやはり延命はしないことにしますと言っても受け入れてもらえない。とりはずせば、それを指示したり、行ったりした人は殺人罪に問われるのだそうだ。

数年前、実母は八四歳で脳出血後の後遺症、パーキンソンなどが重なり、病が重くなり、新潟の病院を転々とする生活を送っていた。かなり重症で、すでに時間の問題だろうともいわれていた。そのなかで、たまたま長男の正秋さんだけが付き添っていたときに医師から「今、人工呼吸器をつけなければ、このままご臨終です」と言われたのだそうだ。

彼は一瞬とまどったが「人工呼吸器をつけてください」と答えたという。それから数週間の延命ができた。葬式もすんでひと段落したときに、あの選択でよかったのか、今でも迷っていると言っていた。こういう事態は緊急を要することが多く、必ずしも家族が全員そろって協議する時間がない場合も多い。その場に父がいたら彼ももう少し救われただろうにとも思う。

「今、もうダメだと言われれば呼吸器をつけてくださいという選択肢しか考えられなかった」とも苦しい胸のうちを語っていた。

また、友人の親戚の方はガンの末期で呼吸器をつけますかとの医師の問いに、家族で相談のうえで延命はしないという選択をしたそうだ。「意識不明で呼吸器をつけていて何年もしてから意識が戻ったという話だってあるのに、自分たちの選択は正しかったのか」と、その家族は今でも悩みつづけているということだった。

もし、自分がそういう状況になったら延命はしてほしくないと思ってはみるものの、司がそういう状況になったとしたら私は絶対に「呼吸器をつけてください」と頼むだろうと思う。

命は自分だけのものではなくその家族のものでもある。だから一分でも一秒でも長くともにありたいと思う。

脳卒中の現状と展望——患者になって考えたこと

精神科医　小林　司

ガンや心臓疾患と並んで日本三大死亡原因の一つに数えられている脳卒中については、わからないことがあまりにも多い。第一に発生率がわからない。脳卒中で死んだように見えても、実際には心臓がとまって死ぬことが多いので、死亡診断書には心臓麻痺、心不全などと書かれてしまう。したがって、死亡診断書を統計の参考には使えない。

二〇〇八年九月一五日現在の総務省の発表によると総人口の二二・一パーセントが六五歳以上の高齢者で、過去最高の記録となった。二〇〇八年の日本の総人口は一億二七六九万人だからおそよ二八二〇万人が高齢者ということになる。その高齢者ほど脳卒中を発症する可能性は高い。死亡原因のうち、脳卒中が第三位になっても、罹病率が下がったというわけではなく、脳卒中によって亡くなる人が減ったということだ。ただ、脳卒中の有病者数は全国的に調査されているわけではないのでデータははっきりしていない。

現在およそ一五〇万人が罹病していて、毎年新しく二五万人が患者になっているという数字を発表しているホームページ（田辺三菱製薬によるNO! 梗塞.net）もある。

脳卒中というのは、脳出血と脳梗塞《のうこうそく》、およびくも膜下出血を合わせたものの総合名称である。おおまかにいうと発症者の七〇パーセントが脳梗塞、二〇パーセントが脳出血、その他が一〇パーセントとなる。また寝たきり（要介護状態）になる原因のおよそ三〇パーセントが脳卒中によるものである。

脳出血は、脳の血管が破れて、脳の中に血のかたまり（血腫）ができて、大事な部分を圧迫するために障害が出たり死亡したりする。脳の表面を取り巻いているくも膜と脳との間に出血すればくも膜下出血と呼ばれ、これは若い人にもおきる。脳梗塞は、脳の血管に血栓などが詰まると、そこより先には血液が流れなくなって、脳の組織が栄養失調になるので障害がおきる。

人口一万人の市町村で五〇人くらいに脳卒中の後遺症があるというが、このあたりが妥当な数字のようだ。しかも、そのうちの五～七パーセントが一年以内に症状を再発するというデータもある。一九八三年から研究を開始している秋田県立脳血管研究センターの鈴木一夫によると一二パーセントの人が再発しているという。

脳出血と脳梗塞は高齢者におきることが多く、大部分は高血圧が原因であるが糖尿病、高脂血症、不整脈なども危険因子である。高血圧の予防には、塩分制限が必要であり、肥満・運動不足・過度の飲酒・喫煙・ストレスを避けることがよい。これら高血圧の予防は糖尿病の予防にもつながる。糖尿病患者数は七四〇～一六二〇万人といわれる。糖尿病により血管障害がおこりやすくなるのだ。

さらに、脳卒中の再発は、知覚障害、判断力低下、言語障害に現れやすいので、身体的変化がないことから家族にも発見されにくいこともある。

もし、脳卒中発作を一回おこすと、その治療と回復のためにおよそ一〇〇万円の出費となる。入院費、本人の交通費、家族が見舞いに通う交通費、通院リハビリ費用、それにともなう交通費、などなど。しかも、回復に約二年を要する。したがって、もし発作や再発を予防でき、短期間に治すことができれば、個人だけでなしに社会全体でみても利点がはかりしれないくらいに大きい。げんに、国民の全医療費の一割近くが脳卒中の診療に使われているという。

私は、ずいぶん気をつけていたが、初回発作も再発も防ぎ損なってしまった。まさに紺屋《こうや》の白袴で、恥ずかしい限りだ。

読者の方の発作や再発を少しでも減らすことができるといいと思う。またこの本が、あいにくその病にかかってしまった方や家族の方の指針になれば幸いである。

リハビリテーションとは、事故や病気による身体障害をもっている人に対して最大の機能回復と社会復帰とを目指して行われる治療と訓練のことである。実際には何をするのかを見ていると、主に廃用性萎縮（使わないことによる退化）の予防であった。私が再発したときに入院したところでは「患者を動かすな」という言いつたえを厳守して、二週間ほどベッドに寝かされて身動きも許されなかった。そうしたら、体が電信柱のようになって、ベッドに座っていることさえできなくなってしまった。これが廃用性萎縮である。これを防ぐには、関節と筋肉の「運動ないしマッサージ」しかない。

「闘うリハビリ」（NHK総合、二〇〇八年二月一〇、一一日放送）では発症直後からのリハビリが大切だと実践活動を紹介していた。ただし、これを行うにはリハビリテーション医師と脳外科との連携がかかせないとあり、実際はどこの病院でも行えるわけではないのが実情のようだ。

また、「脳卒中有病者数と脳卒中による要介護者数の推定」というデータがある。厚生労働科学研究費補助金・健康科学総合研究事業で「地域脳卒中発症登録を利用した脳卒中医療の質の評価に関する研究」（主任研究者：鈴木一夫）滋賀医科大学社会医学講座・福祉保健医学部門・喜多義邦の研究成果がインターネットに公開されている。

日本全国のデータや自分の住む町のデータを知ることができる。私の住む東京都練馬区の二〇〇五年のデータをみると人口が六七八五二三人、うち脳卒中の有病者は一三五二九人、うち要介護となった者が七八二六名、発症者が一三二三名とあった。二〇〇五年のデータなので私もこの中に含まれているのだろう。練馬区でみると、脳卒中になった人のうち、約五八パーセントが要介護になったということになる。

私は再発のあと、運悪く免許証更新の時期になってしまった。警察署から呼び出しハガキがきたので電話で問い合わせたら、「出席して、ビデオを一本見るだけでいい」と言われたというので、出席したところが、一五分間も自動車（オートマチック）の運転をさせられてしまった。再発のあとには、左上下肢の運動麻痺で、左手足が不自由になりほとんど動かなくなってしまった。右目の眼瞼下垂もあったので、半身・片目運転であった。幸いにもどうやら合格して、更新できたからいいようなものの、冷や汗ものだった。

これで自動車事故を起こしたら、運転教習所の責任になるから運転はやめてほしいという妻の提言にしたがい、車検の切替がきたことを機会に廃車にした。

若干の記憶障害はある。記憶障害というのはその発病以前のことをすべて忘れてしまうタイプと、病気以前のことは鮮明に記憶しているが新しい記憶が定着しにくいというタイプがある。幸い、私の場合は病気以前のことははっきり覚えているし、次第に回復しているのでありがたい。特に注文した本のことなどは決して忘れないようになった。

一般に高齢者の記憶障害はあらゆる記憶が侵されて次第にひどくなる、昨今の呼び名でいう「認知症」（私はこの言い換えが決まる前から「痴呆」という言葉に抵抗を感じて「知情意低下症」という呼称を提唱していた）が多い。脳卒中後の記憶障害を「マダラボケ」とひとくくりにして教えているテキストもある。実際には高次脳機能障害による記憶障害は「認知症」とは明らかに異なり、記憶は定着しにくいが「知性は健在」で次第に回復する。外から見れば一見おなじように「ボケ」ととらえられがちであるが、それは当事者にしかわからない辛さでもある。そのあたりのことは『壊れた脳　生存する知』（山田規畝子著、講談社）を読んだときにはわが意を得たりと共感した。

リハビリテーションについては自分の体験をふまえて別途本にまとめたいと考えている。

あとがき

二〇〇五年四月、突然夫小林司は脳出血に倒れ、手術、六ヵ月の入院生活をへて、さらに借り住まい、一年後にやっと懐かしの自宅に戻った。ほっとしたのもつかの間で、心臓病で緊急入院、さらにその年の九月には今度は脳梗塞でまた入院。歩行も不自由ながらできるようになっていたのに、今度は左手足の麻痺。高次脳機能障害もあるといわれた。

そのなかで少しずつではあるがリハビリもすすみ、二〇〇七年には横浜で開かれたエスペラントの世界大会で講演をしたり、原稿をパソコンで書いたりもできるようになった。

司は昭和四年生まれ、戦争中はろくに勉強もせずに戦闘機を作る工場に動員されたり、食べ物がなかったりで苦労した世代だ。敵性語だから英語は明日から学習中止といわれたとき「世界への窓」がほしいと一人でエスペラントの独習をはじめ、戦後はエスペラントを使って世界に原爆の被害を伝えたそうだ。そして『エスペラントと私』（上下巻二冊組、二〇〇六年刊　非売品）というエッセイ集に

「エスペラントにかけた一生に悔いはない」と記している。

エスペラントの大会に参加するため、会合に出席するため、講演するためと準備するうちに、格段にリハビリが進んだ。「人は命をかけたものがあれば、必ずそれによって命を救われる」のだということをしみじみ感じた。

このような平穏な日々が送れるようになったことはまさに感謝である。本当に多くの方々に助けられ、励まされた。本人は口では信じていないと言っているけれども、神様からも多くのお恵みをいただいたことに間違いない。

二〇〇七年ももう終わりに近い一二月二五日に二人で東京オペラシティの「アベマリア・コンサート」に出かけた。毎年恒例のプログラムのようで、ポスターを見たことはあったが出かけたのは初めてのことだった。チラシをみたときに誘ったらなんとなくお付き合いで行ってもいいけれどという感じだった。

三大アベマリアのソプラノが実に綺麗でうっとり、まさにクリスマスに聴くにはふさわしいコンサートだった。コンサートの帰り道「こんなにいいクリスマスは初めてだったよ」と言って喜んでくれた。この幸せがいつまでもと祈らずにはいられなかった。

そしてさらに一年の時が流れた。最終章に記したが、体調の悪いときに一人で家で留守番をしていて急に心細くなったのだろうか。その直後にはかなり気をつかって歯医者に行くときには私費でヘルパーさんを頼んだり、なみちゃんに少し長くいて話し相手をしてもらうなどの対策を立てた。

体調が回復すると不安も去ったようで好きなことをして一人で待っていてくれたりもするようになり、二〇〇八年も無事に過ごすことができた。

また、リハビリについてはＪ病院への通院は片道はボランティアの方に送ってもらっても帰路はバス・電車・タクシー利用で一時間あまり、全部タクシーを利用すると三〇分ほどだが費用が三〇〇〇円ということもあり介護保険での在宅リハビリに切り替えようと思っていた。その矢先に、大泉生協病院の組合支部長さんから生協病院でリハビリを受けてみないかとお声をかけていただき、二〇〇八年一二月から毎週一回通院を続けていた。Ｊ病院に比べて三分の一の近さのうえ、リハビリの道具もそろっていていいと言ってくれていた。

ただしとりあえず三ヵ月ということだった。結局、一ヵ月は自動的に延長されたが、それで打ち切りになった。「リハビリが目的になっても困る」ということだ。新しく主治医になった医師からも「リハビリは自分でするように」とあっさり言い渡されてしまった。

「自分で自宅で」できるくらいなら苦労はないのだが、それができないから今までずっとリハビリに通ってきたのにと、少し残念な思いがした。

リハビリ難民どころか、リハビリ棄民だとまで言い切って、マスコミや政府に強く、痛切にリハビリの重要性と継続を訴えつづけている、ご自身も脳卒中後の後遺症に苦しむ多田富雄先生の運動もまだまだ浸透していない。大泉生協病院は進歩的な病院と高く評価していたのに若い主治医には高齢者の自主的なリハビリがいかに大変なのかは、どうも理解されていないようだと実感した。

また、あらたに介護保険を利用しての医療機関でのリハビリも一部みとめられるようになったそうだ。ただし受け入れる医療機関はまだきわめて少ない。家からの交通の便が悪いところだが、介護保険でも医療保険でもリハビリがつづけられるという医療機関をケアマネさんから紹介されたが、もうリハビリは十分だという本人の希望に添ってとりあえず中止することにした。

大泉生協病院のリハビリもそろそろ終わりという二〇〇九年の三月頃にテレビショッピングの広告でみたとかで買ってほしいと、司が自ら申し出た室内ウォーキング・マシン（自走型、一万円）で一日ほんの三分ほどの歩行練習をした効果があったのか、リハビリの最後のほうは車椅子を利用せずウォーカーで行き始めた。その後は歯医者、区民館へもウォーカーで行かれるようになった。再発前にも一度車椅子からウォーカーとなったが、ひさびさにまたウォーカーで出かけられるようになったのは大きな進歩だ。

寒いから、暑いからと外での歩行練習はさっぱりしなくなったが、用事があるときにウォーカーで歩いてくれればそれでいい。ただし、自力で歩くのはすごく疲れるようで途中、休み休みだが、それでも外出の介助は格段に楽になり実にありがたい。

私の左目の白内障手術は司が再発で入院中に済ませたが、右目も手術の必要があり二〇〇八年一二月に日帰り手術をうけた。手術の日は娘の助けをかり、ヘルパーさんとで何とか切り抜けた。「一年くらいは大事にね」のシスターの言葉も忘れて普通に生活していたら、右目の視力が急に落ちる、網膜黄斑部浮腫になりあわてた。白内障の手術のあとに発症する人もあるとのこと。「弱いところに病気がでた」のだろうと言う人もいたが、五週間ほど週一回の通院治療でほぼ完治できた。司の体調がよく、通院も無事切り抜けられたが、毎日が薄氷の上を歩くような日々でもある。

その中で、日々、無事に過ごせるということのありがたさも身にしみた。記しきれないほどに多くの方々に助けていただいた。ただただ感謝である。

なお、本書にたびたび登場した鹿教湯《かけゆ》病院のIさんは、現在鹿教湯三才山リハビリテーションセンター三才山病院副院長の泉従道さん。理想のリハビリテーション医療を提唱しつつ活躍中である。

私たちの体験が他の方の参考になれば幸いだと思い、介護の合間にぽつぽつと本書をまとめていた。新曜社から小林司の『看護・介護のための心をかよわせる技術』（二〇〇八年七月刊）を出版していただき、その編集を通じて「闘病日誌」の出版もお引き受けいただくことになった。社長の塩浦暲さん、編集の田中由美子さんには大変お世話になった。心よりお礼を申しあげたい。

二〇〇九年一〇月

東山　あかね

参考文献

阿部祥子編、坂本親宣著『プロの技術で家庭リハビリ――リハビリ専門家のノウハウを教えます』ミネルヴァ書房、二〇〇七年（一五六頁）
上田敏『リハビリテーション――新しい生き方を創る医学』講談社ブルーバックス、一九九六年（二三九＋五頁）
絵門ゆう子『がんと一緒にゆっくりと――あらゆる療法をさまよって』新潮文庫、二〇〇六年（二四四頁）
大田仁史・三好春樹監修『完全図解　新しい介護』講談社、二〇〇三年（三五九頁）
落合恵子『母に歌う子守唄――わたしの介護日誌』朝日文庫、二〇〇七年（二二三頁）
落合恵子『母に歌う子守唄　その後――わたしの介護日誌』朝日新聞社、二〇〇八年（二二五頁）
勝矢光信『車イスといっしょに旅に出よう！』日本経済新聞社、二〇〇〇年（二〇六頁）
神崎　仁『めまいの正体』文春新書、二〇〇四年（一七六頁）
久保田　競・宮井一郎編著『脳から見たリハビリ治療――脳卒中の麻痺を治す新しいリハビリの考え方』講談社ブルーバックス、二〇〇五年（二〇六頁）
小山明子『パパはマイナス五〇点――介護うつを越えて夫、大島渚を支えた一〇年』集英社、二〇〇五年（二六三頁）
佐野洋子・加藤正弘『脳が言葉を取り戻すとき――失語症のカルテから』NHKブックス、一九九八年（二八五頁）
主婦の友社編『はじめての介護――家族が倒れた。さぁ、どうする』（主婦の友新きほんBOOKS）主婦の友

社、二〇〇八年（一五九頁）
砂原茂一『リハビリテーション』岩波新書、一九八〇年（二二二頁）
高萩徳宗『バリアフリーの旅を創る』実業之日本社、二〇〇〇年（三〇二頁）
高山　弘『世界一周クルーズの旅――なせばなる車椅子の100日間』海事プレス社、二〇〇一年（一九七頁）
竹内孝仁監修『脳卒中が起こったら』（健康ライブラリー　イラスト版）講談社、二〇〇一年（九八頁）
多田富雄『寡黙なる巨人』集英社、二〇〇七年（二四五頁）
鶴見和子・上田敏・大川弥生『回生を生きる――本当のリハビリテーションに出会って』三輪書店、一九九八年（二三七頁）
成瀬悟策『姿勢のふしぎ――しなやかな体と心が健康をつくる』講談社ブルーバックス、一九九八年（一九一頁）
橋本圭司『高次脳機能障害――どのように対応するか』PHP新書、二〇〇七年（二四六頁）
東畠弘子『介護保険で利用できる福祉用具――電動ベッドから車いす・歩行器まで』（岩波ブックレットNo.743）岩波書店、二〇〇八年（七一頁）
三好春樹・高口光子対談『リハビリテーションという幻想』雲母書房、二〇〇七年（二〇五頁）
安井信之『脳卒中バイブル――危険信号を見逃すな』ちくま新書、二〇〇六年（二三八頁）
山田規畝子『壊れた脳　生存する知』講談社、二〇〇四年（二五四頁）
ジャコモ・リゾラッティ&コラド・シニガリア、柴田裕之訳、茂木健一郎監修『ミラーニューロン』紀伊国屋書店、二〇〇九年（二五〇頁）
『現代思想』特集リハビリテーション　二〇〇六年一一月号

＊各文献末尾の（　）内は総ページ数を表します。

著者紹介

東山あかね（ひがしやま　あかね）

1947年生まれ。著述・翻訳。1977年より夫小林司とともに日本シャーロック・ホームズ・クラブを主宰。「シャーロック・ホームズ全集」全9巻（河出書房新社）の翻訳ほかホームズ関連の翻訳著作多数。

他方、社会福祉士、精神保健福祉士の資格をもち、『カウンセリング大事典』（新曜社）で福祉、社会学関連の項目を分担執筆。

一番最近の仕事はチェコ語から1910年にエスペラント訳された『シャーロック・ホームズ　スペインの冒険』の翻訳（『翻訳と歴史』第41号、2008）。

HP: http://homepage3.nifty.com/espero/

新曜社

脳卒中サバイバル
精神科医と妻の闘病日誌

初版第1刷発行　2009年11月20日©

著　者　東山あかね
発行者　塩浦　暲
発行所　株式会社　新曜社
101-0051　東京都千代田区神田神保町2-10
電話（03）3264-4973（代）・FAX（03）3239-2958
E-mail：info@shin-yo-sha.co.jp
URL：http://www.shin-yo-sha.co.jp/

印　刷　長野印刷商工
製　本　渋谷文泉閣
Printed in Japan
ISBN978-4-7885-1184-2　C0095